El Camino de Francia
Parte Primera

Por

Julio Verne

Copyright del texto © 2023 Culturea ediciones
Sitio web : http://culturea.fr
Impresión: BOD - Books on Demand (Norderstedt, Alemania)
Correo electrónico : infos@culturea.fr
ISBN :9791041938278
Depósito legal : abril 2023

CAPÍTULO I

Yo me llamo Natalis Delpierre. He nacido en 1761 en Grattepanche, una aldea en la Picardía. Mi padre era labrador, y trabajaba en las tierras del marqués de Estrelle. Mi madre lo ayudaba en cuanto podía, y mis hermanas y yo hacíamos lo que mi madre. Mi padre no poseía ninguna clase de bienes de fortuna; y era tan desdichado en esto, que no debía tener jamás nada propio. Al mismo tiempo que cultivador era chantre en la Iglesia del pueblo; chantre de los llamados «confiteor», pues tenía una fuerte y hermosa voz, que se oía desde el pequeño cementerio contiguo a la iglesia hubiera, pues, podido ser cura, lo que llamamos un clérigo de misa y olla. Su voz es todo cuanto yo he heredado de él, o poca cosa más.

Mi padre y mi madre trabajaron duro. Los dos han muerto en el mismo año; en el 79. ¡Dios haya acogido sus almas!

De mis dos hermanas, la mayor, llamada Firminia, tenía cuarenta y cinco años por la época en que han pasado las cosas que voy a referir; la pequeña, Irma, cuarenta; yo, treinta y uno.

Cuando nuestros padres murieron, Firminia estaba casada con un individuo de Escarbotin, Benoni Fanthomme, simple obrero cerrajero, que no pudo jamás llegar a establecerse, aunque era bastante hábil en su oficio. En cuanto a familia, en el 81 tenían ya tres chiquillos, y aun algunos años más tarde vino un cuarto a unirse a los anteriores. Mi hermana Irma había permanecido soltera, y sigue siéndolo. Yo no podía contar, por consiguiente, ni con ella ni con los Fanthomme para que me protegieran y me prestaran ayuda a fin de crearme una posición. Yo me la he creado solo completamente, y de este modo, en los últimos años de mi vida, he podido servir de algo a mi familia.

Mi padre murió el primero; mi madre seis meses después. Estos dos fallecimientos me causaron mucha pena. ¡Si! ¡Así está dispuesto! ¡Así lo quiere el destino! Es preciso perder a los que se ama, lo mismo que a los que no se ama.

Sin embargo, tratemos de ser de los que son amados cuando nos llegue la hora de partir.

La herencia paternal, después de pagadas todos las deudas, no llegaba a ciento cincuenta libras. ¡Las economías de sesenta años de trabajo! Esta cantidad hubo que repartirla entro mis dos hermanas y yo; es decir, que tocamos cada uno a dos veces nada, poco más o menos.

Yo me encontraba, pues, a los diez y ocho años con una cincuentena de francos. No era mucho, en verdad; pero yo era robusto, fuerte, bien hecho, acostumbrado a los trabajos rudos, y además con una buena voz. Sin embargo, tenía la desgracia de no saber leer ni escribir. No aprendí hasta mucho después, como veréis. Pero cuando estas cosas no se comienzan desde temprano, cuesta luego mucho trabajo el llegar a dominarlas. La forma y manera de expresar las ideas se resiente siempre de la primera falta, de lo cual daré repetidas pruebas en esta relación.

¿Qué iba a ser de mi? ¿Continuar el oficio de mi padre? ¿Derramar mi sudor sobre las tierras de los otros para recolectar la miseria al cabo de muchos años de trabajo? Triste perspectiva, que, a la verdad, no es para tentar a nadie. Una circunstancia vino a decidir mi suerte.

Un primo del marqués de Estrelle, el conde de Linois, llegó inopinadamente un día a Grattepanche. Era oficial del ejército, capitán del regimiento de la Fére. Había obtenido licencia por dos meses, y venía a pasarlos en casa de su pariente. Se dispusieron grandes batidas de caza contra el jabalí, la zorra y otras piezas mayores. Hubo extraordinarios festejos, a los que concurrió mucha gente, muchos caballeros y bellas damas, sin contar la señora del Marqués, que era una guapa Marquesa.

Pero yo, entra tanta gente, no veía más que al capitán Linois. Un oficial muy franco en sus maneras, y que me hablaba con mucho agrado. Viéndole, me había entrado la afición de ser soldado. ¿No es esta la mejor carrera que puede adoptarse cuando es preciso vivir con sus brazos, y que estos brazos están unidos a un cuerpo sólido y robusto? Por otra porte, teniendo buena conducta, valor, y siendo un poco ayudado por la fortuna, no hay razón para quedarse en medio del camino, aunque se haya emprendido la marcha con el pie izquierdo, al se camina a buen paso.

Antes del 89, muchos gentes se imaginaban que un simple soldado, hijo de un artesano o de un aldeano, no podía jamás llegar a ser oficial. Esto es un error. Desde luego, con resolución y un poco de presencia, se llegaba a suboficial, sin gran trabajo. Después, cuando se había ejercido este cargo durante diez años en tiempo de paz, o cinco en tiempo de guerra, se hallaba uno en condiciones para alcanzar la charretera. De subteniente se pasaba a teniente; de teniente a capitán. Después… ¡Alto ahí! Estaba prohibido ir más allá. Por supuesto, que esto era ya muy hermoso.

El conde Linois había notado a menudo, durante las batidas de caza, mi vigor y mi agilidad. Sin duda yo no valía lo que un perro en olfato y en inteligencia. Sin embargo, en los días de empeño, no había ojeador capaz de adelantarme, y los aventajaba a todos, como si hubiese tenido un instinto sobrenatural.

—Tú me has parecido un muchacho valiente y sólido —me dijo un día el conde de Linois.

—Sí, señor Conde.

—¿Y eres fuerte de brazos?

—Levanto trescientas veinte libras.

—¡Sea enhorabuena!

Y esto fue todo. Pero el asunto no debía parar aquí, como bien pronto vamos a ver.

En aquella época existía en el ejército una costumbre muy singular. Ya se sabe cómo se llevaban a cabo los enganches para la profesión de soldado. Todos los años, los encargados de reunir gente hacían una excursión a través del territorio, y hacían beber a los mozos más de lo que era justo. Se firmaba, un papel cuando se sabía escribir, o se hacía en él una cruz cuando no se sabía más que cruzar dos palos uno sobre otro. Esto valía tanto como la firma. Después se cobraba un par de cientos de libras, que eran bebidas antes que embolsadas, se hacía la mochila, y se iba uno a hacerse romper la cabeza por cuenta del Estado.

Pero esta manera de proceder no hubiera podido convenirme jamás, porque, si bien es verdad que yo tenía el gusto de servir, no quería, sin embargo, venderme. Me parece que he de ser perfectamente comprendido de todos aquellos que tienen alguna dignidad y algún respeto de si.

Pues bien: en aquel tiempo, cuando un oficial había obtenido un permiso o una licencia, debía, según lo prescribían los reglamentos, conducir a su vuelta al regimiento uno o dos reclutas. Los suboficiales estaban también sujetos a esta obligación. El precio del enganche variaba entonces de veinte a veinticinco libras.

Yo no ignoraba nada de esto, y tenía formado un proyecto. Así fue que, cuando la licencia del conde de Linois llegó a su término, me fui descaradamente a proponerle si me quería tomar como recluta.

—¿Tú?… —me dijo.

—Yo, señor Conde.

—¿Qué edad tienes?

—Diez y ocho años.

—¿Y quieres ser soldado?

—Si a V. le agrada…

—No es a mi a quien ha de agradar, sino a él.

—A mí si que me agrada.

—¡Ah! ¡vamos! Por la golosina de las veinte libras.

—No, señor; por el deseo de servir a mi país, pues el hecho de venderme me causa vergüenza, tanto, que no tomaré las veinte libras.

—¿Cómo te llamas?

—Natalis Delpierre.

—Muy bien, Natalis; eso me gusta.

—Y yo estoy encantado de agradaros, mi Capitán.

—Y si tienes ánimos y voluntad para seguirme, irás lejos.

—Os seguiré tambor batiente y con la mente encendida.

—Te prevengo que voy a dejar el regimiento de la Fére para embarcarme. ¿No te repugna el mar?

—Absolutamente nada.

—Está bien; pues lo pasarás. ¿Has oído decir que allá, muy lejos, se hace la guerra para arrojar a los ingleses de América?

—¿Qué es eso de América?

A decir verdad, yo no había oído nunca hablar de la América.

—Un país del diablo —respondió el capitán de Linois—; un país que se bate por conquistar su independencia. Allí es donde, desde hace dos años, el marqués de Lafayette está haciendo hablar de él. Además, el año último, el rey Luis XVI ha prometido el concurso de sus soldados para ir en ayuda de los americanos. El conde de Rochambeau va a partir para dicho punto, con el almirante Grasso y seis mil hombres. Yo he formado el proyecto de embarcarme con él para el Nuevo-Mundo, y sí tú quieres acompañarme, iremos a libertar la América.

—¡Vamos a libertar América!

Y vean Vds. de qué manera tan sencilla, casi sin saber una palabra, me enganche en el cuerpo expedicionario del conde de Rochambeau y desembarqué en New-Port en 1780.

Allí permanecí, durante tres años, lejos de Francia. Vi al general Washington, un gigante de cinco pies y once pulgadas, con grandes pies, grandes manos, una especie de casaca azul con vueltas de piel y una escarapela negra. Vi al marino Paul Jones a bordo de su navío El Buen Ricardo; vi al general Anthony Wayne, a quien llamaban el Rabioso; y me batí en varios encuentros, no sin haber hecho la serial de la cruz con mi primer cartucho. Tomó parte en la batalla de Yorktown, en Virginia, donde, después de una resistencia memorable, lord Cornwallis se rindió a Washington. Volví, por fin, a Francia en el 83, y pude volver sin heridas ni rasgueos, pero simple soldado como antes. ¡Qué quieren Vds!… No sabía leer.

El conde de Linois había vuelto con nosotros y quería hacerme enganchar en el regimiento de la Fére, donde él iba a recobrar su puesto. Pero yo tenía así como una idea de servir en la caballería. Yo amaba los caballos por instinto, y para llegar en la infantería a la categoría de plaza montada, me hubieran sido precisos grado sobre grado.

Bien sé que es tentador el uniforme de Infantería, que favorece mucho, con la coleta, la peluca empolvada, las alas de pichón y los correajes blancos cruzados sobre el pecho. Pero ¿qué queréis? El caballo es el caballo; y después de muchas reflexiones, yo me convencí de mi vocación para ser jinete.

Por consiguiente, di las gracias con todo mi corazón al conde de Linois, que me recomendó a su amigo el coronel de Lóstangas, y me alisté en el regimiento Real de Picardía.

¡Cuánto amo a ese hermoso regimiento! Ruego que se me perdone si hablo de él con un enternecimiento que acaso parezca ridículo. He hecho en él casi toda mi carrera, estimado de mis jefes, cuya protección no me ha faltado nunca, y que me han empujado como con ruedas, según se dice en mi aldea.

Por otra parte, algunos años más tarde, en el 92, el regimiento de la Fére debía tener una conducta tan extraña en lo tocante a sus relaciones con el general austriaco Beaulieu, que no tengo motivo alguno para sentir el haber dejado da pertenecer a él. Pero no hablemos de esto.

Vuelvo, pues, al Real de Picardía. No podía darse un regimiento más hermoso. Al poco tiempo, había llegado a ser para mi, como si dijéramos, mi familia. Yo, por mi parte, la he permanecido fiel hasta el momento en que ha sido licenciado y disuelto. Allí se era feliz. Yo silbaba todos los aires de la charanga y de los organillos, pues he tenido siempre la mala costumbre de silbar entra dientes; pero me lo pasaban. En fin: bien podéis comprender todo lo que os digo.

Durante ocho años, no hice más que andar de guarnición en guarnición. No se presentó la menor ocasión de disparar un solo tiro ante el enemigo. Pero ¡bah! esta experiencia no carece de encanto cuando se sabe tomarla por el lado bueno. Y, además, eso de ver tierras, siempre es una gran cosa para un picardo como yo, que no había salido de su país.

Después de conocer América, era bueno ver en poco de Francia, entretanto que llegaba el momento de recorrer a grandes pasos las grandes etapas a través de la Europa. Estábamos en Sarrelouis el año 85, en Augers el 88, el 91 en Josselin, Pontivy, Ploermel y otras poblaciones de Bretaña, con el coronel

Serre de Gras; el 92 en Charleville, con el coronel Wardner, el coronel de Lostende, el coronel La Roque, y el 93 con el coronel Le Comte.

Pero me olvidaba decir que el 1.º de Enero de 1791 se había dado una ley que modificaba la organización del ejército. El Real de Picardía fue clasificado como el 23.º regimiento de caballería de batalla. Esta organización duró hasta 1803. Sin embargo, el regimiento no perdió por eso su antiguo título. Continuó siendo el Real de Picardía, aun algunos años después, cuando ya no había rey de Francia.

Durante el mando del coronel Serre de Gras se me hizo cabo, con gran satisfacción mía. En tiempo del coronel Wardner se me nombró sargento, lo cual me produjo mayor satisfacción todavía.

Yo tenía entonces trece años de servicio, una campaña y ninguna herida. No se puede menos de convenir en que era una buena carrera. No podía subir más arriba, puesto que, ya lo repito, no sabía leer ni escribir a pesar de todo, yo continuaba silbando, y, sin embargo, comprendía qué es poco decoroso en un suboficial el hacer la competencia a los mirlos.

¡El sargento Natalis Delpierre! Verdaderamente, había motivo para tener un poquito de vanidad, y para ponerse en sitio donde todo el mundo pudiera verme. Por esta razón, mi reconocimiento para el coronel Wardner no tenía límites, a pesar de que era rudo como el pan de centeno, y que con él era preciso adivinar las palabras. Aquel día, los soldados de mi compañía hicieron fuego sobre mi mochila, y yo me mandé poner en las mangas unos preciosos galones, que no debían subir nunca más arriba del codo.

Nos hallábamos de guarnición en Charleville, cuando pedí y obtuvo una licencia de dos meses, que me fue concedida. Precisamente la historia de esta licencia es la que he procurado recordar más fielmente. Las razones de esto son las siguientes.

Desde que tomé el retiro, he tenido ocasión repetidas veces de referir mis campañas, durante nuestras veladas, en la aldea de Grattepanche. Los amigos que me escuchaban me han comprendido casi siempre todo al revés o han entendido tan poco, que bien puede decirse nada. Unas veces, uno decía que yo había estado a la derecha, cuando precisamente me había encontrado a la izquierda; otras veces, otro comprendía que me había hallado en la izquierda, siendo así que yo había dicho a la derecha. Con este motivo se originaban disputas y discusiones, que no alcanzaban ni siquiera en opuesta de dos vasos de sidra o de dos cafés. Sobre todo, en lo que menos se entendían era lo que me había sucedido durante mi licencia en Alemania. Por consiguiente, puesto que ya he aprendido a escribir, me encuentro en el caso de tomar la pluma para contar por escrito la historia de esta licencia.

Por consiguiente, me he puesto al trabajo. Manos a la obra, a pesar de que cuento hoy setenta años.

Pero mi memoria es buena, y cuando dirijo la vista hacia el pasado, veo en él con bastante claridad.

Este relato está, pues, dedicado a mis amigos de Grattepanche, a los Ternisien, a los Bettembos, a los Irondart, a los Poinfefer, a los Quenneben, a muchos otros, y espero que no han de disputar más por mi causa.

Digo, pues, que había obtenido mi licencia el 7 de Junio de 1792. Sin duda circulaban entonces algunos rumores de guerra con Alemania, pero muy vagos todavía.

Se decía que Europa por más que aquello no le importase mucho, no veía con buenos ojos lo que pasaba en Francia. El Rey continuaba aún en las Tullerías; había rey de nombre; pero el 10 de Agosto se sentía ya, y soplaba como un viento de república sobre el país.

Así que, por prudencia, me pareció muy conveniente no decir por qué ni para qué pedía la licencia.

En efecto: yo tenía que hacer en Alemania y aun en Prusia; por consiguiente, en caso de guerra, me hubiera encontrado muy impedido para volver a mi puesto, ¿qué queréis? No se puede a un tiempo, repicar y andar en la procesión.

Por otra parte, aunque mi permiso fuese para dos meses, estaba dispuesto a abreviarlo si era preciso. Sin embargo, yo esperaba todavía que las cosas no irían tan de prisa, ni pararían en lo peor.

Ahora, para concluir con lo que me concierne y con lo que atañe a mi bravo regimiento, ved aquí lo que tengo que contaros en pocas palabras.

Desde luego se verá en qué circunstancias comencé a aprender a leer y después a escribir, lo cual debía ponerme en condiciones hasta para llegar a ser oficial, general, mariscal de Francia, conde, duque, príncipe, lo mismo que un Ney, un Davout o un Marat, durante las guerras del Imperio. En realidad no llegué a pasar del grado de capitán, lo cual no deja de ser muy hermoso para el hijo de un aldeano, aldeano también.

En cuanto al Real de Picardía, me bastarán algunas líneas solamente para acabar su historia.

Como he dicho antes, había tenido en 1793 a monsieur Le Comte por coronel; y en aquel año fue cuando, a consecuencia del decreto de 21 de Febrero, de regimiento que era quedó convertido en media brigada. Hizo entonces las campañas del ejército del Norte y del ejército de Lumbre-y-Mosa, hasta 1797. Se distinguió en los combates de Lincelles y de Courtray, donde yo fui hecho teniente.

Más adelante, después de haber permanecido en París desde 1797 a 1800, formé parte del ejército de Italia, y se cubrió de gloria en Marengo, envolviendo a seis batallones de granaderos austriacos, que rindieron las armas, después de la derrota de un regimiento húngaro. En esta batalla fui herido de un balazo en una cadera, de lo cual no me quejé, pues aquello me valió ser nombrado capitán.

Por último el regimiento Real de Picardia fue licenciado en 1803, y yo entré en los dragones, en los cuales hice todas las guerras del Imperio, tomando mi retiro en 1815.

De ahora en adelante, cuando hable de mi, será únicamente para contar lo que he visto o he hecho durante mi licencia en Alemania; pero que no se olvide ni un instante que yo soy muy poco instruido. No tengo tampoco en alto grado el arte de decir las cosas: lo que voy a referir no es más que impresiones, sobre las cuales no trato de razonar. Y, sobre todo, si en esta sencilla relación se me escapan expresiones o modismos picardos, espero que me los excusaréis, porque lo no podría hablar de otra manera. Iré de prisa de prisa, y además no me meteré en camisa de once varas, ni pondré los dos pies en un zapato. Lo diré todo, sin embargo; y puesto que os pido permiso para expresarme sin reserva, espero que me responderéis: «Con libertad completa, caballero».

CAPÍTULO II

En aquella época, según yo he aprendido después en los libros, Alemania estaba todavía dividida en diez círculos, más tarde, nuevas variaciones establecieron la Confederación del Rhin, hacia 1806, bajo el protectorado de Napoleón; y después, en 1815, la Confederación Germánica. Dos de estos Círculos, que comprendía los electorados de Sajonia y de Brandeburgo, llevaba entonces el nombre de Círculo de la Alta Sajonia.

Este electorado de Brandeburgo debía llegar a ser más tarde una de las provincias de Prusia, y dividirse en dos distritos: el distrito de Brandeburgo, propiamente dicho, y el distrito de Postdam.

Digo todo esto, a fin de que se sepa bien dónde se encuentra la pequeña ciudad de Belzingen, situada en el distrito de Postdam, hacia la parte sudoeste, a algunas leguas de la frontera.

A esta frontera fue adonde llegué el 16 de Junio, después de haber recorrido las ciento cincuenta leguas que la separan de Francia. Si había empleado nueve días en recorrer este tramo, era porque las comunicaciones no eran muy fáciles. Yo había gastado más tachuelas de mis zapatos, que herraduras o ruedas de carruajes, de carretas por mejor decir. Además, ya no me paraba a empollar huevos, como dicen los picardos. No poseía más que las ruines economías de mí paga, y quería gastar lo menos posible. Muy felizmente, durante el tiempo que estuve de guarnición en la frontera, había podido aprender algunas palabras en alemán, que aún retenía, lo cual me sirvió para ayudarme mucho en mi difícil situación. Sin embargo, hubiera sido muy difícil el ocultar que yo era francés, por lo cual durante mi viaje se me lanzaron al pasar más de una mirada de reojo. Ya se comprenderá, que yo me guardaba muy bien de decir que era el sargento Natalis Delpierre. No podrá menos de aprobarse mi conducta prudente en aquellas circunstancias, puesto que era muy de temer una guerra con Prusia y Austria; es decir, con la Alemania entera.

En la frontera del distrito tuve una buena sorpresa.

Iba a pie. Me dirigía a una posada para descansar en ella; la posada del Ecktvende, es decir, de Vuelve la esquina. Después de una noche bastante fresca, amanecía una mañana muy hermosa. Bonito tiempo. El sol, a las siete de la mañana, bebía ya el rocío de las praderas. Los pájaros formaban un verdadero hormiguero sobre las hayas, las encinas y los olmos. Poca cultura en la campiña, mustios campos en erial. Por otra parte, esto no es extraño: pues el clima es muy duro en este país.

A la puerta del Ecktvende esperaba un pequeño carruajillo, al cual estaba enganchado un caballejo flaco y débil, que apenas podría andar las dos leguas en dos horas, si no lo echaban demasiada carga.

Una mujer se encontraba allí; una mujer alta, fuerte, bien constituida, que llevaba un corpiño con tirantes adornados con pasamanería, sombrero de paja engalanado con cintas amarillas, falda de rayas rojas y violeta, todo bien ajustado, bien puesto, muy limpio, como podría serlo un traje de domingo o de día de fiesta.

Y, a la verdad, aquel día era un día de mucha fiesta para aquella mujer, aunque no fuese domingo.

Me miraba detenidamente, y yo la dejaba mirarme. De repente abre los brazos, y sin decir a la una, a las dos, corre hacia mí, y exclama:

—¡Natalis!

—¡Irma!

Era ella, en efecto; mi hermana Irma. Al momento me reconoció. Verdaderamente las mujeres tienen mejor golpe de vista que nosotros para estos reconocimientos que vienen del corazón; o al menos, tienen un golpe de vista más perspicaz.

Iba a hacer bien pronto trece años que no nos habíamos visto; ya se comprenderá, si me enojaría el encontrarla.

¡Qué buena y qué robusta se había conservado! Al verla, me recordaba a nuestra madre, con sus ojos grandes y vivos, y también con sus cabellos negros, que comenzaban a blanquear por las sienes.

La abracé fuertemente, y la bese en sus dos mejillas enrojecidas por el viento de la campiña; y os aseguro que podéis creer que ella hizo a su vez estallar sus labios sobre las mías.

Precisamente era por verla a ella por lo que yo había pedido mi licencia. Comenzaba a inquietarme que estuviese fuera de Francia en el momento en que el juego empezaba a embrollarse. ¡Una francesa en medio de aquellos alemanes! Si la guerra llegaba por fin a ser declarada, podía acarrearle grandes disgustos. En semejante caso, vale más estar en su país, y si ella quería, yo estaba dispuesto a conducirla conmigo. Para esto sería preciso dejar a su señora, Madame Keller, y yo dudaba que ella consintiese. En fin, sería cosa de pensarse.

—¡Qué alegría el vernos, Natalis!… —me dijo—. ¡Y el encontrarnos tan lejos de Francia! ¡Tan lejos de nuestra Picardía! Me parece que me traes con tu presencia un poco de aquel aire grato de nuestra tierra. ¡Cuánto tiempo hemos estado sin encontrarnos!…

—Trece años, Irma.

—Sí, trece años; trece años de separación. ¡Qué plazo tan largo, Natalis!

—¡Querida Irma! —respondí.

Y véannos ustedes a mi hermana y a mi, yendo y viniendo, cogidos del brazo, a lo largo del camino.

—¿Y cómo te va? —le pregunté.

—Siempre poco más o menos. ¿Y tú?

—Vamos marchando.

—¡Ya lo creo! ¡Y sargento que eras ya! He aquí un honor para la familia.

—Sí, Irma, muy grande. ¿Quién hubiese pensado jamás que el pequeño guardián de polos de Grattepanche llegaría a ser sargento?… Pero… es preciso no decirlo muy alto.

—¿Por qué? ¿Qué mal hay en ello?

—Porque el decir que soy soldado, no dejaría de tener inconvenientes en este país. En el momento en que corran rumores de guerra, ya es grave para un francés el encontrarse en Alemania. No, yo soy tu hermano, don Nadie, que ha venido a ver a su hermana, y nada más.

—Bien, Natalis; seré muda respecto a este punto, yo te lo prometo.

—Será cosa muy prudente, pues los coplas alemanes tienen muy buen olfato.

—Estad tranquilo.

—Y aun si quieres seguir mi consejo, Irma, te conduciré conmigo a Francia.

Los ojos de mi hermana mostraron señales evidentes de pena, y me dio la respuesta que yo esperaba.

—¡Dejar a Madame Keller! ¡Natalis!… Cuando la hayas visto, comprenderás que no puedo dejarla sola.

Yo comprendía esto de antemano, y dejé el asunto para mejor ocasión.

Viendo que yo no insistía, la alegría volvió a brillar en los ojos de Irma. No hacía más que preguntarme noticias acerca de nuestro país y de las personas conocidas.

—¿Y nuestra hermana Firminia?

—En buena salud. He tenido noticias suyas por nuestro vecino Létocard, que ha venido hace dos meses a Charleville. ¿Te acuerdas bien de Létocard? —¿El hijo del carretero?

—Sí. Ya sabes, o, mejor dicho, no sabes que se ha casado con una Matifas.

—¿La hija de aquel viejo de Fouencamps?

—El mismo. Me ha dicho que nuestra hermana no se quejaba de su salud. ¡Ah! Se ha trabajado y se trabaja de veras en Escarbotin. Además, ha tenido cuatro hijos, y el último… con mucho trabajo. En cambio, y felizmente tiene un marido honrado, buen obrero y nada bebedor, excepto los lunes. En fin: no lo falta que hacer para su edad. ¡Ya es vieja! ¡Diablo! Cinco años más que tú, Irma, y catorce más que yo. Ya va siendo bastante. ¿Qué quieres? Pero es una mujer valerosa, lo mismo que tú.

—¡Oh! ¡Yo, Natalis!… Si yo he conocido la pena, no ha sido más que la pena de los otros. Desde que he salido de Grattepanche no he conocido la miseria. ¡Pero esto de ver sufrir cerca de sin poder prestar remedio alguno!…

El rostro de mi hermana se había entristecido de nuevo. En el momento varió de conversación.

—¿Y tu viaje? —me preguntó.

—No se ha pasado mal. Hace bastante buen tiempo para la estación, y, además, como ves; tengo sólidas piernas. Por otra parte, ¿qué significa la fatiga cuando se está bien seguro de ser recibido con alegría a su llegada?

—Dices bien, Natalis; se te hará buen recibimiento, y se te querrá en la familia como se me quiere a mi.

—¡Pobre Madame Keller! ¿Sabes, hermana mía que si la encuentro sola no la reconocería? Para mí es todavía la joven señorita hija de los señores de Acloque, aquellas honradas gentes da Sainy-Sauflieu. Cuando contrajo matrimonio, y de esto ya a hacer ya pronto veinticinco años, no era yo más que un chiquillo. Pero nuestro padre y nuestra madre decían tanto bien de ella y de su familia, que esto no me ha olvidado nunca.

—¡Pobre mujer! —dijo entonces Irma—. Bien cambiada y bien mediana está a la hora presente. ¡Qué esposa ha sido, Natalis! Y sobre todo, ¡qué madre es todavía!

—¿Y su hijo?

—El mejor de los hijos, que se ha puesto a trabajar valerosamente para reemplazar a su padre, muerto hace quince meses.

—¡Pobre Monsieur Jean!

—Adora a su madre; no vive más que para ella, del mismo modo que ella no vive más que para él.

No le he visto nunca, Irma, y ardo en deseos de conocerle. Me parece que siento ya cariño por ese joven.

—No me admira eso, Natalis. Es un afecto que te viene de mi parte.

—Vaya; en marcha, hermana mía.

—En marcha.

—¡Un minuto!… ¿A qué distancia estamos de Belzingen?

—A cinco leguas largas.

—¡Bah! —respondí—. Si yo estuviese sólo, las recorrería en dos horas; pero será preciso…

—No lo creas, Natalis. Yo iré más de prisa que tú.

—¿Con tus piernas?

—No; con las piernas de mi caballo.

Y al decir esto, Irma me mostraba el carruajillo, que esperaba a la puerta de la posada.

—¿Es que has venido a buscarme en ese carruaje?

—Si, Natalis, a fin de conducirte a Belzingen. He salido de allí muy temprano, y estaba llamando a esta puerta a las siete de la mañana. Y si la carta que nos has enviado hubiese llegado más pronto, hubiera ido a buscarte más.

—¡Oh! ¡Era inútil, hermana mía! Vamos; en marcha. ¿Tienes algo que pagar en la posada? Tengo aquí algunas monedas.

—Gracias, Natalis; está todo pagado; no tenemos que hacer más que echar a andar.

Mientras que nosotros hablábamos, el posadero del Ecktvende, apoyado en el marco de la puerta, parecía escuchar sin que tuviese apariencias de oír.

Esto no me satisfizo de ninguna manera. Acaso hubiéramos hecho mejor con habernos ido a charlar más lejos…

Aquel posadero era un hombretón gordo, montaraz, tenía una fisonomía desagradable, unos ojos como agujeros abiertos con berbiquí, con los párpados plegados, la nariz aplastada, la boca grande, como si cuando hubiese sido pequeño le hubieran dado la papilla con un sable. En fin, la fisonomía repugnante de un hombre de mala raza.

Después de todo, nosotros no habíamos dicho cosas comprometedoras. Y acaso no hubiese entendido nada de nuestra conversación. Por otra parte, si no sabía el francés no podía comprender que yo venía de Francia.

Por fin montamos en el carrillo. El posadero los vio partir sin hacer un gesto. Yo tomé las bridas, y fustigué suavemente al caballejo. Corríamos por el camino como el viento de Enero. Esto, sin embargo, no nos impedía hablar, y, por consiguiente, Irma pudo ponerme al corriente de todo.

De este modo, con lo que yo sabía ya y con lo que ella me dijo, hay lo suficiente para que conozcáis lo que concierne a la familia Keller.

CAPÍTULO III

Madame Keller, nacida en 1757, tenía entonces cuarenta y cinco años. Originaria de Sainy-Sauflieu, como antes he dicho, pertenecía a una familia de pequeños propietarios. Monsieur y Madame Acloque —su padre y su madre —, de posición muy modesta, habían visto disminuir su pequeña fortuna de año en año, a consecuencia de las necesidades de la vida. Murieron poco después uno de otro, hacia el año 1765. La joven quedo entregada a los cuidados de una tía vieja a, cuyo fallecimiento debía dejarla bien pronto sola en el mundo.

En esta situación se encontraba cuando fue pretendida por Monsieur Keller, que había venido a Picardía para asuntos de su comercio, el cual ejerció durante diez y ocho meses en Amiens y en los alrededores, donde se ocupaba del transporte de mercancías. Era un hombre serio, de buena presencia, inteligente y activo. Por aquella época no teníamos nosotros todavía por la gente de raza alemana la repulsión que debían inspirarnos más tarde los odios nacionales sostenidos por treinta años de guerra.

Monsieur Keller disponía de una regular fortuna, que no podía menos de acrecentar con su celo y con su actividad ante los negocios, y, en resumen, preguntó a Mademoiselle Acloque si quería ser su esposa.

Mademoiselle Acloque dudó, porque se veía obligada a salir de Saint-Saugieu y de su Picardía, a la cual estaba unida de todo corazón. Y, además, este matrimonio, ¿no debía hacerla perder su cualidad de francesa? Pero entonces no poseía por toda fortuna más que una casita, que seria necesario vender muy pronto. ¿Qué seria de ella después de este último sacrificio? Por estas razones, Madame Dufrenay, su vieja tía, sintiendo su próximo fin, y asustándose de la situación en que se encontraría su sobrina, la impulsó a que aceptara el ofrecimiento.

Mademoiselle Acloque consintió. El matrimonio fue celebrado en Saini-Sauflieu; y la que ya era Madame Keller, dejó la Picardía algunos meses más tarde, y siguió a su marido al otro lado de la frontera.

Madame Keller no tuvo motivo para arrepentirse de la elección que había hecho. Su marido fue bueno para ella, como ella fue buena para él. Siempre atento y cariñoso, puso todo su cuidado en conseguir que su esposa no conociese demasiado que había perdido su nacionalidad. Para este matrimonio, completamente de razón y de conveniencia, no hubo, sin embargo, más que días felices; lo cual es raro en nuestros tiempos, y lo era ya también entonces.

Un año después, en Belzingen, donde vivían Madame Keller dio a luz un niño. Entonces quiso consagrarse toda entera a la educación de su hijo, del cual se ha de tratar mucho en nuestra historia.

Algún tiempo después del nacimiento de eso niño, hacia 1771, fue cuando mi hermana Irma de edad entonces de diez y nueva años, entró a servir a la familia Keller. Madame Keller la había conocido muy niña, cuando ella misma no era más que una pollita. Nuestro padre había trabajado algunas veces en casa de Monsieur Acloque, y su señora y su hija se interesaban por su situación. De Grattepanche a Saini-Sauflieu no hay mucha distancia. Madame Acloque encontraba con frecuencia a mi hermana, la besaba, la abrazaba, le hacía pequeños regalos, y sintió, en fin, por ella, una gran amistad; amistad que había de ser pagada más tarde con el más acendrado y puro afecto.

Así, cuando supo la muerte de nuestro padre y de nuestra madre, que nos dejaban casi sin recursos, Madame Keller tuvo la idea de llevarse consigo a Irma, que estaba ya sirviendo en una casa de Saint-Sauflieu, en lo cual mi hermana consintió de buen grado, sin que jamás haya tenido que arrepentirse de ello.

Ya he dicho que Monsieur Keller era de sangre francesa por sus antecesores. Veamos de qué modo.

Poco más de un siglo antes, los Keller habitaban la parte francesa de la Lorena. Eran hábiles y entendidos comerciantes, y estaban ya en una posición muy desahogada, que hubieran seguramente mejorado mucho, sin los graves acontecimientos que vinieron a trastornar el porvenir de millares de familias, que se contaban entre las más industriosas de toda Francia.

Los Keller eran protestantes. Muy apegados a su religión, no había cuestión alguna de Interés, por importante que fuese, que pudiera hacer de ellos renegados.

Bien lo demostraron cuando fue revocado el edicto de Nantes en 1685, pues tuvieron, como tantos otros, que elegir entre dejar el país o renegar de su fe. Como tantos otros también, eligieron el destierro.

Manufactureros, artesanos, obreros de todas clases, agricultores, salieron de Francia, para ir a enriquecer la Inglaterra, los Países Bajos, la Suiza, la Alemania, y más particularmente el Brandeburgo. Allí recibieron una cordial acogida por parte del Elector de Prusia y de Postdam, en Berlín, en Magdeburgo, en Battin y en Francfort-sur-l'Oder.

Precisamente fueron habitantes de Metz, en número de veinticinco mil, los que fundaron las florecientes colonias de Stettin, y de Postdam.

Los Keller abandonaron, pues, la Lorena, no sin esperanza de volver, indudablemente después de haber tenido que ceder sus fondos de comercio por un pan de centeno.

¡Sí! Cuando se sale de un país, se dice que se volverá a él cuando las circunstancias lo permitan; pero entretanto que llegan estas circunstancias, se instala uno en el extranjero. Se establecen nuevas relaciones y se crean nuevos intereses. Los años corren, y después se queda uno allá. Esto ha sucedido con muchas familias, con detrimento de Francia.

En aquella época, la Prusia, cuya elevación a reino data sólo de 1701, no poseía sobre el Rhin más que el ducado de Cleves, el condado de la Mark, y una parte del Gueldres.

En esta última provincia precisamente, casi en los confines de los Países Bajos, fue donde llegaron a buscar refugio los Keller. Allí crearon establecimientos industriales, emprendieron de nuevo su comercio, interrumpido por la inicua y deplorable revocación del edicto de Nantes, dado por Enrique IV. De generación en generación, se hicieron relaciones y aun alianzas con los nuevos compatriotas; las familias se mezclaron tan completamente, que aquellos antiguos franceses llegaron poco a poco a convertirse en súbditos alemanes.

Hacia 1760, uno de los Keller dejó el Gueldres para ir a establecerse en la pequeña ciudad de Belzingen, en medio del Circulo de la Alta Sajonia, que comprendía una parte de la Prusia. Este Keller tuvo fortuna en sus negocios, lo cual le permitió ofrecer a Mademoiselle Acloque las comodidades que ésta no podía encontrar en Saint-Sauflieu. Fue en el mismo Belzingen donde su hijo vino al mundo, prusiano por parte de padre, si bien por parte de su madre corría en sus venas sangre francesa.

Y lo digo con una emoción que me hace todavía derramar lágrimas; era un francés de corazón aquel joven, en quien resucitaba el alma maternal. Madame Keller lo hablo alimentado con su pecho; sus primeras palabras de niño las había balbuceado en francés, y en este idioma, y no en alemán, había aprendido a decir madre. Nuestro lenguaje era el que primeramente había escuchado y hablado después, pues éste era el que se empleaba más habitualmente en la casa de Belzingen, aunque Madame Keller y mi hermana Irma hubiesen aprendido bien pronto a servirse de la lengua alemana.

La infancia del pequeño Jean fue, pues, arrullada con las canciones de nuestro país. Su padre no pensó jamás en oponerse a ello; al contrario. ¿No era la lengua de sus antecesores aquella lengua de Lorena, tan francesa, cuya pureza no ha sido alterada por la vecindad de la frontera germánica?

Y no solamente Madame Keller había nutrido con su leche a aquel niño, sino también con sus propias ideas, en todo lo que a Francia se refería. Amaba profundamente a su país de origen: jamás había perdido la esperanza de volver a él algún día. No ocultaba la felicidad que para ella sería volver a ver su vieja tierra picarda. Monsieur Keller no oponía a ello repugnancia alguna. Sin duda, después de hecha su fortuna, él hubiese dejado voluntariamente la Alemania para ir a fijarse definitivamente en el país de su mujer. Pero le era preciso trabajar algunos años todavía, a fin de asegurar una situación conveniente a su mujer y a su hijo. Desgraciadamente, la muerte había venido a sorprenderla apenas hacía quince meses.

Tales fueron las cosas que mi hermana se había puesto a contarme en el camino, mientras que el carrillo rodaba hacia Belzingen. Desde luego, esta muerte inesperada había tenido por primer resultado el retrasar la vuelta de la familia Keller a Francia; y ¡qué de desgracias habían de seguir a ésta!

En efecto: cuando Monsieur Keller murió, estaba sosteniendo un gran pleito con el Estado prusiano. Desde hacía dos o tres años era proveedor de fornituras militares por cuenta del gobierno, y había comprometido en este negocio, además de toda su fortuna, algunos fondos que la habían sido confiados. Con los primeros ingresos había podido reembolsar a sus asociados; pero a él le quedaba todavía que reclamar el saldo de la operación, que constituía casi todo su haber. Pero el arreglo de este saldo no llegaba jamás. Se jugaba con Monsieur Keller, se le repelaba, como nosotros decimos, se le oponían dificultades de todas clases, hasta que se vio obligado a recurrir a los tribunales de Berlín.

Pero el pleito marchaba muy lentamente. Sabido es, por otra parte, que no es bueno pleitear contra los gobiernos, sean del Estado que quieran. Los jueces prusianos daban muestras de mala voluntad demasiado evidente. Sin embargo, Monsieur Keller había cumplido sus compromisos con una perfecta buena fe, pues era un hombre honrado. Se trataba para él de veinte mil florines, una fortuna en aquella época, y la pérdida de aquel pleito seria su ruina.

Lo repito: sin este retraso, la situación quizá hubiera podido arreglarse en Belzingen. Este es, por otra parte, el resultado que perseguía Madame Keller desde la muerte de su marido, pues ya se comprende que su más vivo deseo era el de volverse a Francia.

Esto fue lo que me contó mi hermana. En cuanto a su posición, bien puede adivinarse. Irma había criado y educado al niño casi desde su nacimiento, uniendo sus cuidados a los de su madre; por consiguiente, lo amaba también con un amor verdaderamente maternal. Por eso en la casa no se la miraba como una sirviente, sino como a una compañera, una humilde y modesta amiga. Ella era de la familia, tratada como tal, y consagrada sin reserva a aquellos buenos gentes. Si los Keller dejaban la Alemania, seria para ella una gran alegría el seguirles; si continuaban en Belzingen, ella permanecería con ellos.

—¡Separarme de Madame Keller! Me parece que me moriría, —me dijo.

Yo comprendí que nada podría decidir a mi hermana a volver conmigo, puesto que su señora se veía obligada a permanecer en Belzingen hasta el cobro completo de sus intereses. Y, sin embargo, sólo el verla en medio de aquel país, pronto a levantarse contra el nuestro, no dejaba de causarme grandes inquietudes. Y había motivo para ello, pues si la guerra se declaraba, no sería leve ni por poco tiempo.

Después, cuando Irma hubo acabado de darme las estas noticias relativas a los Keller, me dijo:

—¿Vas a permanecer con nosotros todo el tiempo que dure tu licencia?

—Si; todo el tiempo que dure, si es que puedo.

—Pues bien, Natalis; es posible que asistas bien pronto a una boda.

—¿Quién se casa? ¿Monsieur Jean?

—Sí.

—¿Y con quién se casa? ¿Con una alemana?

—No, Natalis; y esto es lo que constituye nuestra alegría. Si su madre se casó con un alemán, la mujer de él será una francesa.

—¿Bella?

—Bella como un ángel.

—Esta noticia me causa mucho placer, Irma.

—¡Y a nosotros! Pero ¿y tú, Natalis, no piensas en casarte?

—¿Yo?

—¿No has dejado nada por esas tierras?

—Sí, Irma.

—¿Y qué es?

—La patria, hermana mía. ¿Es necesaria otra cosa para un soldado?

CAPÍTULO IV

Belzingen, pequeña ciudad situada a menos de veinte leguas de Berlín, está construida cerca de la aldea de Hagelberg, donde en 1813 los franceses debían medirse con las tropas prusianos. Dominada por la cima del Flameng, la población se extiende a sus pies, en una situación bastante pintoresca. Su comercio comprende los caballos, el ganado lanar, el lino, el trébol y los cereales.

Allí fue donde llegamos mi hermana y yo, hacia las diez de la mañana. Algunos Instantes después, el carruajillo se detenía delante de una casa muy limpia y muy atractivo, aunque modesta. Era la casa de Madame Keller.

En este país se creería uno en plena Holanda. Los aldeanos llevan largos gabanes azulados, chalecos escarlata, terminados en un alto y sólido cuello, que podría protegerlos perfectamente de un golpe de sabio. Las mujeres, con sus dobles y triples sayas, sus gorros con alas blancas, parecerían hermanas de la Caridad, si no fuera por el pañuelo de colores vivos que les cubre el talle, y su corpiño, de terciopelo negro, que no tiene nada de monástico. Esto es, por lo menos, lo que vi por el camino.

En cuanto a la acogida que se me hizo, fácilmente se podrá imaginar. ¿No era yo el propio hermano de Irma? Por esto comprendí perfectamente que su situación en la familia no era Inferior a la que me había dicho. Madame Keller me honró con una afectuosa sonrisa, y Monsieur Jean con dos buenos apretones de manos. Ya se comprenderá que mi cualidad de francés debía entrar por mucho en tan buen recibimiento.

—Monsieur Delpierre —me dijo— mi madre y yo contamos con que pasaréis aquí todo el tiempo que dure vuestra licencia. Algunas semanas solamente: esto no es dedicar demasiado a vuestra hermana, puesto que no la habéis visto desde hace trece años.

—Se los dedicaré a mi hermana, a vuestra señora madre y a vos, Monsieur Jean —respondí—. Yo no he olvidado el bien que vuestra familia ha hecho a la mía; y es una felicidad para Irma el haber sido acogida en vuestra casa.

Lo confieso ingenuamente: yo llevaba preparado este cumplimiento para no quedar parado como un bobo a mi entrada. Pero era inútil con tan buena gente, bastaba dejar salir a su gusto lo que uno tuviese en el corazón.

Mirando a Madame Keller, recordaba perfectamente sus rasgos de joven, que estaban bien grabados en mi memoria. Su belleza parecía no haber cambiado con los años. En la época de su juventud, la gravedad de su fisonomía llamaba la atención, y a mí me parecía verla, poco más o menos, tal como la veía entonces. Si sus cabellos negros blanqueaban por algunos sitios, sus ojos no habían perdido nada de su vivacidad de joven. Todavía estaban llenos de fuego, a pesar de las lágrimas que les habían anegado desde la muerte de su esposo. Su actitud era tranquila. Sabía escuchar, no siendo de esas mujeres que charlan como urracas o murmuran como un enjambre dentro de una colmena. Francamente, esas no me gustan mucho. Se comprendía que estaba llena de buen sentido, sabiendo escuchar y tener en cuenta su razón antes de hablar o de decidirse a una determinación, siendo, por consiguiente, muy entendida en dirigirlos negocios.

Además, según bien pronto pude observar, no salía sino muy raramente del hogar doméstico. No andaba de visitas en casa de las vecinas; huía los conocimientos, y se encontraba perfectamente en su casa. Esto es lo que me agrada en una mujer. Yo hago poco caso de aquellas que, como los músicos ambulantes, no se encuentran nunca mejor que fuera de su casa.

Una cosa me causó también gran placer, y fue que Madame Keller, sin desdeñar las costumbres alemanas, había conservado alguna de nuestras costumbres picardas. Así el Interior de su casa recordaba mucho el de las casas de Saint-Sauflieu. Con el arreglo de los muebles, la organización del servicio, la manera de preparar las comidas, se hubiera uno creído en su país. Esto lo ha conservado siempre en la memoria.

Monsieur Jean tenía entonces veinticuatro años. Era un joven de una estatura algo más elevada que la mediana; de cabellos y bigote negros, y con los ojos tan obscuros, que parecían negros también. Si bien era alemán, no tenla nada al menos de la tiesura teutónica, que contrastaba con la gracia y la elegancia de sus maneras. Su naturaleza franca, abierta y simpática, atraía. Se parecía mucho a su madre. Naturalmente serio como ella, agradaba, pesar de su aire grave, siendo además muy atento y servicial. A mí me agradó por completo desde que la vi la primera vez. Si en alguna ocasión tiene necesidad de un verdadero amigo, lo encontrará en Natalis Delpierre.

Añado, además, que se servía de nuestra lengua Como si hubiese sido educado en mi país. ¿Sabía el alemán? Sí, evidentemente, y muy bien. Pero, a la verdad, hubiera sido preciso preguntárselo como se lo preguntaron a no sé qué reina de Prusia, que habitualmente no hablaba más que el francés. Y, además, se interesaba sobre todo por las cosas de Francia; amaba a nuestros compatriotas, los buscaba, les prestaba servicios. Se ocupaba en recoger todas cuantas noticias venían de allá, y hacía de ellas el asunto favorito de su conversación.

Por otra parte, él pertenecía a la clase de los industriales y de los comerciantes, y, como tal, se sentía mortificado con la altanería de los funcionarios públicos y de los militares, como se sienten mortificados por esta misma causa todos los jóvenes que, dedicados a los negocios, no tienen nada que ver con el gobierno.

¡Qué lástima que Monsieur Jean Keller, en lugar de no serlo más que a medios, no fuese por completo francés! ¿Qué queréis? Yo digo lo que pienso, lo que se me ocurre, sin razonarlo, tal como lo siento. Si no soy aficionado a los alemanes, es porque los he visto de cerca durante el tiempo que he estado de guarnición en la frontera. En las altas clases, aun cuando son bien educados, como se debe serlo, con todo el mundo, su natural altanero, molesta siempre. Yo no niego sus buenas cualidades; pero los francesas tienen otras, y no había de ser aquel viaje por Alemania lo que me hiciera cambiar de opinión.

A la muerte de su padre, Monsieur Jean, que estudiaba entonces en la Universidad de Goetting, se vio obligado a dejar sus estudios para ir a ponerse al frente de los negocios de la casa. Madame Keller encontró en él un ayuda inteligente, activo y laborioso.

Sin embargo, no se limitaban a tan poca cosa sus aptitudes. Fuera de las cosas del comercio, era muy instruido, según lo que me ha dicho mi hermana, pues yo no hubiera podido juzgar por mí mismo. Tenía gran afición por los libros; y le gustaba mucho la música. Tenla una bonita voz, no tan fuerte como la mía; pero más agradable. Cada uno en su oficio es maestro.

Cuando yo gritaba: «Adelante ¡Paso redoblado! ¡Alto!», a los soldados de mi compañía, sobre todo «¡Alto!», no había uno solo que se quejase de que no me oía. Pero volvamos a Monsieur Jean. Si me dejase llevar de mi deseo, no acabaría nunca de hacer su elogio. Pero ya se le verá en sus hechos.

Lo que es preciso no olvidar es que, desde la muerte de su padre, todo el peso de los negocios había recaído sobre él, y le era necesario trabajar de firme, pues las cosas habían quedado bastante embrolladas. No tenía más que un deseo, y a él se dirigían todos sus esfuerzos: a poner en claro su situación, y a retirarse del comercio. Desgraciadamente, el pleito que sostenía contra el Estado no estaba próximo a terminar. Importaba, no obstante, seguirle asiduamente, y para que no se perdiera por negligencia o falta de cuidado era necesario ir con frecuencia a Berlín. Bien se veía que el porvenir de la familia Keller dependía de la solución de aquel negocio. Después de todo, sus derechos eran tan ciertos, que no podía perderle, por mucha que fuese la mala intención de los empleados y de los jueces.

Aquel día, a las doce, comimos todos en mesa redonda. Estábamos como en familia. Tal era la manera con que se me trataba. Yo estaba al lado de Madame Keller; mi hermana Irma ocupaba su sitio habitual, al lado de Monsieur Jean, que estaba en frente de mí.

Se habló de mi viaje, de las dificultades que hubiera podido encontrar en el camino, del estado del país. Yo adivinaba las inquietudes de Madame Keller y de su hijo a propósito de lo que se preparaba, de las tropas en marcha hacia la frontera de Francia, lo mismo las de Prusia que las de Austria. Sus intereses corrían peligro de estar gravemente y por largo tiempo comprometidos si la guerra estallaba.

Pero más valía no hablar de cosas tan tristes en esta primera comida.

Por consiguiente, Monsieur Jean quiso cambiar de conversación, y empezó a hablar de mi.

—¿Y vuestras campañas? —me preguntó—. ¿Habéis disparado los primeros tiros en América? ¿Habéis encontrado en aquellos lejanos países al marqués de Lafayette, a ese heroico francés que ha consagrado su fortuna y su vida a la causa de la independencia?

—Si, Monsieur Jean. —¿Y habéis visto a Washington?

—Como os estoy viendo a vos —respondí— es un soberbio hombre, con grandes manos, grandes pies; en fin, un gigante.

Evidentemente, esto era lo que me había llamado más la atención en el General americano.

Entonces fue preciso contar lo que sabía de la batalla de Yorktown, y cómo el conde de Rochambeau había materialmente barrido a lord Cornwallis.

—¿Y desde vuestra vuelta a Francia —me preguntó Monsieur Jean—, no habéis hecho ninguna campaña?

—Ni una sola —repliqué—. El Real de Picardía ha andado siempre de guarnición en guarnición.

Estábamos siempre muy ocupados…

—Lo creo, Natalis; y tan ocupados, que vos no habéis tenido tiempo jamás de enviar noticias vuestras, ni de escribir una sola palabra a vuestra hermana.

Ante esta observación, no pude menos de enrojecer. Irma pareció también un poco molesta.

En fin, me decidí, y tomé un partido. Después de todo, no era cosa para avergonzarse.

—Monsieur Jean —respondí— si yo no he escrito a mi hermana, es porque cuando se trata de escribir, yo soy manco de las dos manos.

—¿No sabéis escribir, Natalis? —exclamó Monsieur Jean.

—No, señor, con gran sentimiento mío.

—¿Ni leer?

—Tampoco. Durante mi infancia, aun admitiendo que mi padre y mi madre hubieran podido disponer de algunos recursos para hacerme instruir, no teníamos maestro de escuela en Grattepanche ni en los alrededores. Después… he vivido siempre con la mochila a la espalda y el fusil sobre el hombro, y no se tiene tiempo sobrado para estudiar entra jornada y jornada. Ved aquí como un sargento, a los treinta y un años, no sabe todavía leer ni escribir.

—Bien, Natalis; nosotros os enseñaremos, —dijo Madame Keller.

—¿Vos, señora?…

—Sí —añadió Monsieur Jean—; mi madre y yo; los dos lo tomaremos por nuestra cuenta. Tenéis dos meses de licencia, ¿verdad?…

—Dos meses.

—¿Y vuestra intención es pasarlos aquí?

—¡Si no os molesto!…

—¡Molestarnos!… —dijo Madame Keller—. ¡Vos! ¡El hermano de Irma! …

—Querida señora —dijo mi hermana—; cuando Natalis os conozca mejor, no dirá esas cosas.

—Vos estaréis aquí como en vuestra casa, añadió Monsieur Jean.

—¡Cómo en mi casa! ¡Diablo, Monsieur Keller! Yo no he tenido jamás casa.

—Pues bien, en casa de vuestra hermana, si queréis mejor. Os lo repito: permaneced aquí todo el tiempo que gustéis, y en los dos meses que tenéis de licencia, yo me encargo de enseñaros a leer. La escritura vendrá después.

Yo no sabía cómo darle las gracias.

—Pero… Monsieur Jean —dije—. ¿No tenéis ocupado todo vuestro tiempo?

—Con dos horas por la mañana y dos por la tarde, será suficiente; os pondré temas, y vos los traduciréis.

—Yo te ayudare, Natalis —me dijo Irma—; pues yo sé también leer y escribir, aunque no sea mucho.

—¡Ya lo creo! —añadió Monsieur Jean— como que ella ha sido la mejor alumna da mi madre. ¿Qué responder a una proposición hecha con tan buena voluntad?

—Sea; acepto, Monsieur Jean: acepto, Madame Keller: y si no hago como debo mis temas, me impondréis castigo. Monsieur Jean replicó:

—Comprended, mi querido Natalis, que es preciso que todo hombre sepa leer y escribir.

Pensad en todo cuanto deben ignorar las pobres gentes que no han aprendido. ¡Qué obscuridad en su cerebro! ¡Qué vacío en su inteligencia! Se es tan desgraciado, como si se estuviese privado de un miembro. Y además, que no podréis ascender. Ya sois sargento, está bien; pero ¿cómo pasaréis de ese grado? ¿Cómo podréis llegar a ser teniente, capitán o coronel? Permaneceréis siempre en la situación en que estáis, y es preciso que la ignorancia no pueda deteneros en vuestra carrera.

—No sería la ignorancia lo que me detendría, Monsieur Jean; serían las ordenanzas a nosotros los hijos del pueblo, no nos está permitido pasar del grado de capitán.

—Hasta el presente, Natalis, os sucedía; pero la revolución del 89 ha proclamado la igualdad en Francia, y hará desaparecer los viejos prejuicios. Ya en la nación francesa cada uno es igual a los demás.

Sed, pues, el igual de los que son instruidos, para que podáis llegar hasta donde la instrucción os permita y pueda conduciros. ¡La igualdad! Esta es una palabra que la Alemania no conoce todavía. ¿Con que estáis conforme?

—Conforme, Monsieur Jean.

—Está bien; comenzaremos hoy mismo, y dentro de ocho días estaréis en la última letra del A B C.

Puesto que hemos concluido de comer, vamos a dar un paseo a la vuelta no pondremos a la tarea.

Y ved aquí de qué manera comencé a aprender a leer y a escribir en la casa Keller. ¡No podían encontrarse gentes más buenas!

CAPÍTULO V

Dimos, pues, Monsieur Jean y yo, un buen paseo por el camino que sube hasta el Hagelberg, por el lado de Brandeburgo. Hablábamos más que mirábamos. Verdaderamente, no había cosas demasiado curiosas que ver.

Sin embargo, lo que yo observaba atentamente era que las gentes me miraban mucho. ¿Qué queréis? Una persona desconocida en una población pequeña, siempre es una novedad y un suceso.

También hice esta otra observación, a saber: que Monsieur Keller gozaba de la estimación general. Entre todos los que iban y venían, había bien pocos que no conocieran a la familia Keller. Por consiguiente, menudeaban los saludos, a los cuales, yo me creía obligado a contestar muy cumplidamente, aunque no fueran dirigidos a mí. Era preciso no faltar a la vieja política francesa.

¿De qué me habló Monsieur Jean durante este paseo? ¡Ah! De lo que preocupaba sobre todo a su familia; de ese proceso que parece que lleva trazas de no acabar nunca.

Me refirió el asunto con toda extensión. Las fornituras suministradas habían sido entregadas en los plazos convenidos. Como Monsieur Keller era prusiano, llenaba las condiciones exigidas en la contratos, y el beneficio, legítima y honradamente adquirido, debía habérsele entregado sin dilación de ninguna especie. Seguramente, si algún pleito merecía ser ganado, era este. En tales circunstancias, los agentes del Estado se conducían como unos miserables.

—Pero ¡demonio! —añadí yo— esos agentes no son los jueces. Estos os darán justicia. Me parece imposible que podáis perder…

—Siempre se puede perder un pleito; aun el que parezca más fácil de ganar. Si la mala voluntad se mezcla en ello, ¿cómo he de esperar que se nos haga justicia? He visto a nuestros jueces, los veo con frecuencia, y comprendo bien que tienen cierta prevención contra una familia que está unida por algún lazo a Francia; ahora sobre todo, que las relaciones entro los dos países son muy tirantes. Hace quince meses, a la muerte de mi padre nadie hubiera dudado de la bondad de nuestra causa; pero ahora, no sé qué pensar. Si perdemos este pleito, será para nosotros la ruina, pues toda nuestra fortuna estaba metida en ese negocio. Apenas nos quedará con qué vivir.

—¡Eso no sucederá! —exclamé yo.

—Preciso es temerlo todo, Natalis. ¡Oh! No por mi —añadió Monsieur Jean— yo soy joven y trabajaría; ¡pero mi madre!… Entretanto que yo pudiera llegar a rehacer la gran posición…; mi corazón se angustia al pensar que durante varios años habría de vivir con escasez y con privaciones.

—¡Pobre Madame Keller!… Mi hermana me ha hablado mucho de ella. ¿La amáis mucho?

—¡Qué si la amo!… Monsieur Jean guardó silencio por un instante.

Después añadió:

—Sin este proceso, Natalis, ya hubiera realizado nuestra fortuna; y puesto que mi madre no tiene más que un deseo, el de volver a su querida Francia, a la cual veinticinco años de ausencia no han podido hacer olvidar, hubiera arreglado todos nuestros asuntos de manera que pudiera darle esta alegría de aquí a un año; acaso de aquí a algunos meses solamente.

—Pero —preguntó yo— que el proceso se gane o se pierda, ¿no podrá Madame Keller dejar la Alemania cuando guste?

—¡Ah, Natalis! Volver a su patria, a aquella Picardía que mi madre ama tanto, para no encontrar allí las modestas comodidades a las cuales estaba acostumbrada, le seria en extremo penoso. Yo trabajaré, sin duda alguna, y con tanto más valor, cuanto que trabajaré por ella. ¿Obtendrá éxito? ¡Quién puede saberlo! Sobre todo en medio de las turbaciones que preveo, y con las cuales sufrirá tanto el comercio.

Al oír a Monsieur Jean hablar de este modo, me causaba una emoción tan grande, que no procuraba disimularla. Varias veces me había estrechado la mano. Yo correspondía esta prueba de afecto, y él debía comprender todo lo que yo experimentaba. ¡Ah! ¡Qué es lo que yo no hubiera querido hacer por ahorrarles un disgusto a él y a su madre!

Él cesaba entonces de hablar, y se quedaba con los ojos fijos, como un hombre que mira en el porvenir.

—Natalis —me dijo entonces, con una entonación singular—. ¿Habéis notado cuán mal se arreglan las cosas en este mundo? Mi madre ha venido a ser alemana por su matrimonio, y yo he de permanecer alemán, aun cuando me case con una francesa.

Esta fue la sola alusión que hizo al proyecto de que Irma me había hablado por la mañana. Sin embargo, como Monsieur Jean no se extendió más sobre el asunto, yo no creí deber insistir. Es preciso ser discretos con las personas que nos demuestran amistad. Cuando a Monsieur Keller le conviniera, hablarme de su asunto más largamente, encontraría siempre un oído atento para escucharla, y una lengua presta para felicitarle.

El paseo continuó. Se habló de varias cosas, de multitud de asuntos, y más particularmente, de aquello que me concernía. Todavía me vi obligado a contar algunos hechos de mi campaña en América. Monsieur Jean encontraba muy hermoso esto de que Francia hubiese prestado su apoyo a los americanos para ayudarles a conquistar su libertad. Envidiaba la suerte de nuestros compatriotas, grandes o pequeños, cuya fortuna o cuya vida habían sido puestas al servicio de tan justa causa. Ciertamente, si él se hubiese encontrado en condiciones de poderlo hacer, no hubiera dudado un momento, y se habría alistado entre los soldados de Rochambeau, hubiera desgarrado su primer cartucho en Yorktown, y se hubiera batido por arrancar la América de la dominación inglesa.

Y solamente por la manera que tenía de decir esto, por su voz vibrante y su acento que me penetraba hasta el corazón, puedo afirmar que Monsieur Jean hubiera cumplido perfectamente con su deber. Pero se es raramente dueño de sus acciones y de su vida. ¡Qué de grandes cosas, que no se han hecho, se hubieran podido hacer! En fin, el destino es así, y es preciso tomarlo como viene.

En esto volvíamos ya hacia Belzingen, desandando el camino. Las primeras casas de la población blanqueaban, heridas por el sol. Sus techos rojos, muy visibles entre los árboles, se destacaban como flores en medio de la verdura. No estábamos ya de la población más que a dos tiros de fusil, cuando Monsieur Jean me dijo:

—Esta noche, después de cenar, tenemos que hacer una visita mi madre y yo.

—¡No os molestéis por mí! —respondí—. Yo me quedaré con mi hermana

Irma.

—No, el contrario, Natalis, yo os ruego que vengáis conmigo a casa de esas personas.

—Como vos queráis.

—Son compatriotas vuestros, Monsieur y Madame de Lauranay, que habitan hace bastante tiempo en Belzingen. Tendrán mucho gusto en veros, puesto que venís de su país, y yo deseo que os conozcan.

—Lo que vos dispongáis, —respondí.

Yo comprendí perfectamente que Monsieur Jean quería informarme más adelante de los secretos de su familia. Pero dije para mí: este matrimonio, ¿no será un obstáculo más para el proyecto de volver a Francia? ¿No creará nuevos lazos que ligarán más obstinadamente a Madame Keller y su hijo a este país, si Monsieur y Madame de Lauranay están en él sin intenciones de volver a su país natal? Acerca de esto, debía yo saber bien pronto a qué atenerme. ¡Un poco de paciencia!... Es preciso no marchar más deprisa que el molino, o se echará a perder la harina.

Ya habíamos llegado a las primeras casas de Belzingen. Entrábamos precisamente por la calle principal, cuando escuché a lo lejos un ruido de tambores. Había entonces en Belzingen un regimiento de infantería, el regimiento Lieb, mandado por el coronel von Grawert. Más tarde supe que dicho regimiento estaba allí de guarnición hacia cinco o seis meses. Muy probablemente, a consecuencia del movimiento de tropas que se operaba hacia el Oeste de Alemania, no tardaría en ir a reunirse con el grueso del ejército prusiano.

Un soldado mira siempre con gusto a los demás soldados, aun cuando estos sean extranjeros. Se procura averiguar lo que está bien y lo que está mal. Cuestión de oficio.

Desde el último botón de las polainas hasta la pluma del sombrero, se examina su uniforme, y se repara con atención cómo desfilan. Esto no deja de ser interesante.

Yo me detuve, pues, y Monsieur Jean se detuvo también.

Los tambores batían una de esas marchas de ritmo continuo, que son de origen prusiano.

Detrás de ellos, cuatro compañías del regimiento de Lieb marchaban marcando el paso. No era aquello una marcha a operaciones, sino simplemente un paseo militar. Monsieur Jean y yo estábamos parados a un lado de la calla para dejar el paso libre.

Los tambores habían llegado al punto en que nosotros estábamos, cuando sentí que Monsieur Jean me cogió vivamente por el brazo, como si hubiese querido hacerme permanecer clavado en aquel sitio.

Yo le miré.

—¿Qué es ello? —le pregunte.

—¡Nada!

Monsieur Jean se había puesto al principio densamente pálido. En aquel momento toda su sangre pareció haber subido a su rostro. Se hubiese dicho que acababa de sufrir un desvanecimiento; lo que nosotros llamamos ver los objetos dobles. Después su mirada permaneció fija, y hubiera sido difícil hacérsela bajar.

A la cabeza de la primera compañía, al lado izquierdo, marchaba un teniente, y, por consecuencia, había de pasar por donde nosotros estábamos.

Era éste uno de esos oficiales alemanes, como se veían tantos entonces, y como tantos se han visto después. Un hombre bastante buen mozo, rubio tirando a rojo, con los ojos azules, fríos y duros, aire bravucón, y con un contoneamiento como echándoselas de elegante.

Pero, no obstante sus pretensiones de elegancia, se veía que era pesado. Para mi gusto, aquel bellaco sólo podía inspirar antipatía y aun repulsión.

Sin duda esto mismo era lo que inspiraba a Monsieur Jean; acaso algo más que la repulsión misma. Yo observé, además, que el oficial no parecía animado de mejores sentimientos con respecto a Monsieur Jean. La mirada que echó sobre él no fue de benevolencia ni mucho menos.

Entre ambos no mediaban más que algunos pasos cuando pasó por delante de nosotros el oficial, el cual, en el momento de pasar, hizo intencionadamente un movimiento desdeñoso, encogiéndose de hombros. La mano de Monsieur Jean apretó convulsivamente la mía en un movimiento de cólera. Hubo un instante en que creí que iba a lanzarse sobre el militar. Por fin pudo contenerse.

Evidentemente, entre aquellos dos hombres había un odio profundo, cuya causa no adivinaba yo, pero que no debía tardar en serme revelada. Poco después la compañía pasó, y el batallón se perdió tras una esquina.

Monsieur Jean no había pronunciado una palabra. Miraba cómo se alejaban los soldados, y parecía que estaba clavado en aquel sitio.

Allí permaneció hasta que el ruido de los tambores dejó de oírse por completo.

Entonces, volviéndose hacia mí, me dijo:

—¡Vamos, Natalis!, a la escuela.

Y los dos entramos en casa de Madame Keller.

CAPÍTULO VI

Yo tenía un buen maestro. ¿Le haría honor el discípulo? No lo sabía yo mismo. El aprender a leer a los treinta y un años es cosa que no deja de ser bastante difícil. Es preciso tener un cerebro de niño; esa blanda cera en que toda impresión se graba sin que haya necesidad de imprimir muy fuerte, y mi cerebro estaba ya un duro como el cráneo que le cubría.

Sin embargo, yo me puse con resolución al trabajo, y, dicho sea en honor de la verdad, parece que tenía disposiciones para aprender pronto. Todas las vocales las aprendí en esta primera lección. Monsieur Jean dio muestras de tener una paciencia de que aún lo estoy agradecido. Para fijar mejor las letras en mi memoria, me las hizo escribir con lápiz diez, veinte, cien veces seguidas. De esta manera, yo aprendería a escribir al mismo tiempo que a leer. Recomiendo este procedimiento a los alumnos tan viejos como yo y a los maestros que no saben salir de la rutina antigua.

El celo y la atención no me faltaron ni un instante. Hubiera continuado estudiando el alfabeto hasta muy tarde, si a eso de las siete la criada no hubiese venido a decirme que la cena esperaba. Subí a la pequeña habitación que se me había dispuesto cerca de la de mi hermana; me lavé las manos, y bajó al comedor.

La cena no nos entretuvo más de media hora; y como no debíamos de ir a casi de Monsieur de Lauranay hasta un poco más tarde, pedí permiso para esperar fuera, y me lo concedieron. Allí, cerca de la puerta, me entregué al placer de fumar lo que nosotros los picardos llamamos una buena pipa de tranquilidad.

Hecho esto, volví a entrar donde estaban los demás. Madame Keller y su hijo estaban ya dispuestos. Irma, teniendo que hacer en casa, no podía acompañarnos. Salimos los tres solos, y madame Keller me pidió el brazo. Presentéselo yo bastante aturdidamente por cierto, pero no importaba; yo estaba orgulloso de sentir aquella excelente señora apoyarse en mi. Aquello era un honor y una felicidad a la vez.

No tuvimos que caminar mucho tiempo. Monsieur de Lauranay vivía al otro extremo de la calle. Ocupaba una bonita casa, fresca de color y de aspecto atrayente, con un parterre lleno de flores delante de la fachada, grandes hayas a los lados, y detrás con un vasto jardín lleno de céspedes y árboles de todas clases. Esta habitación indicaba en su propietario una posición bastante desahogada. Monsieur de Lauranay se encontraba efectivamente en una bastante buena situación de fortuna.

A tiempo que entrábamos, Madame Keller me hizo saber que Mademoiselle de Lauranay no era hija de Monsieur de Lauranay, sino su nieta, por eso no me sorprendí al verlos de su diferencia de edad.

Monsieur de Lauranay tendría entonces setenta años. Era un hombre de elevada estatura, al cual la vejez no había encorvado todavía. Sus cabellos, más bien grises que blancos, servían de marco a una expresiva y noble fisonomía. Sus ojos miraron con dulzura. En sus maneras se reconocía fácilmente al hombre de calidad. No había más simpático que su aspecto.

El de que antecedía al apellido Lauranay, y al cual no acompañaba ningún título, indicaba solamente que pertenecía a esa clase colocada entre la nobleza y la clase media, que no ha desdeñado la industria ni el comercio, de lo cual no se puede menos de felicitarla.

Si personalmente Monsieur de Lauranay no se había dedicado a los negocios, su abuelo y su padre lo habían hecho antes que él. Por consiguiente, no había motivo para reprocharle el que hubiese encontrado una fortuna adquirida cuando nació.

La familia de Lauranay era lorenesa de origen y protestante en religión, como la familia de Monsieur Keller. Sin embargo, si sus antecesores se habían visto obligados a dejar el territorio francés después de la revocación del edicto de Nantes, no había sido con la intención de permanecer en el extranjero. Así fue que volvieron a su país desde el momento en que la dominación de ideas más liberales les permitió volver, y desde aquella época no habían abandonado jamás la Francia.

En cuanto a Monsieur de Lauranay, sí habitaba en Belzingen, era porque en este rincón de Prusia había heredado de un tío algunas propiedades bastante buenas, que era preciso cuidar y hacer valer. Sin duda alguna, él hubiese preferido venderlas y volverse a Lorena. Desgraciadamente, la ocasión no se presentó. Monsieur Keller, el padre, encargado de los intereses, no encontró más que compradores a vil precio, pues el dinero no era lo que más abundaba en Alemania, y antes que deshacerse en malas condiciones de sus propiedades, Monsieur de Lauranay prefirió conservarlas.

A consecuencia de las relaciones de negocios entre Monsieur Keller y Monsieur de Lauranay, no tardaron en establecerse relaciones de amistad entro una y otra familia. Esto duraba ya desde hacía veinte años. Jamás una ligera nube, había obscurecido una intimidad fundada en la semejanza de gustos, de caracteres y de costumbres.

Monsieur de Lauranay había quedado viudo siendo muy joven todavía. De su matrimonio había tenido un hijo, que los Keller apenas conocieron. Casado en Francia, este hijo no fue más que una o dos veces a Belzingen. Era su padre quien iba a verlo todos los años, lo cual procuraba a Monsieur de Lauranay el placer de pasar algunos meses en su país.

Monsieur de Lauranay, hijo, tuvo una niña, cuyo nacimiento costó la vida a su madre, y él mismo, afligido con esta pérdida, no tardó mucho tiempo en morir. Su hija le conoció apenas, pues no tenía más que cinco años cuando quedó huérfana. Por toda familia, no tuvo entonces la pobre niña más que su abuelo.

Éste no faltó a sus deberes. Fue en busca de esta niña, y la condujo consigo a Alemania, consagrándose por completo a su educación y a su cuidado. Digámoslo de una vez: en mucha parte fue ayudado en esto por Madame Keller, que tomó a la pequeña gran afección, y le prodigó los cuidados de una madre. La felicidad que encontró Monsieur de Lauranay en poder confiar su hija a la amistad y el cariño de una mujer tal como Madame Keller, es imposible de pintar.

Mi hermana Irma, se comprenderá fácilmente que secundó a su señora de buena voluntad. ¡Cuántas veces haría saltar a la pequeña sobre sus rodillas, o la dormiría entre sus brazos, no solamente con la aprobación, sino con el agradecimiento del abuelo! En una palabra: la niña llegó a ser una encantadora joven, a quien yo veía en aquel momento, con mucha discreción, por supuesto, para no molestarla.

Mademoiselle de Lauranay había nacido en 1772. Por consiguiente, tenía entonces veinte años. Era de una estatura bastante elevada para una mujer; rubia, con los ojos azules muy obscuros; con los rasgos de su fisonomía encantadores, y de un aire lleno de gracia y de soltura, que no se parecía en nada a todo lo que yo había podido ver de población femenina en Belzingen.

Yo admiraba su aspecto modesto y sencillo; no más serio que lo preciso, pues su fisonomía reflejaba la felicidad. Poseía algunas habilidades tan agradables para sí misma como para los demás. Tocaba admirablemente el clavicordio, no presumiendo de maestra, aunque lo pareciese de primera fuerza a un sargento como yo. Sabía también arreglar bonitos ramos de flores en estuches de papel.

No causará, pues, admiración el que Monsieur Jean llegara a enamorarse de esta joven, ni que Mademoiselle de Lauranay hubiese notado todo cuanto había de bueno y de amable en el hijo de Madame Keller, ni que las familias hubiesen visto con alegría la intimidad de los dos jóvenes, educados el uno cerca del otro, cambiarse poco a poco en un sentimiento más tierno. Ambos se merecían, y habían sabido apreciarse; y si el matrimonio no se había verificado todavía, era por un exceso de delicadeza de Monsieur Jean, delicadeza que comprenderán perfectamente todos los que tengan el corazón bien colocado.

En efecto: no se habrá olvidado que la situación de los Keller no dejaba de ser comprometida. Monsieur Jean hubiera querido que aquel pleito, del cual dependía su porvenir, estuviese terminado. Si lo ganaba, perfectamente; aportaría a su matrimonio una regular fortuna; pero si el pleito se perdía y Monsieur Jean se encontraría entonces sin nada. Ciertamente que Mademoiselle Marthe era rica, y que debía ser todavía mucho más a la muerte de su abuelo; pero a Monsieur Jean le repugnaba ir a tomar parte y a disfrutar de esta riqueza. Según yo, este sentimiento no podía menos de honrarle.

Sin embargo, las circunstancias se presentaban ya tan apremiantes, que Monsieur Jean no podía menos de decidirse a tomar un partido. Las conveniencias de familia se reunían en este matrimonio; pues tenían ambas partes la misma religión, y aun el mismo origen, al menos en el pasado. Si los jóvenes esposos habían de venir a fijarse en Francia, ¿por qué los hijos que de ellos naciesen no habían de ser naturalizados franceses? En este estado se hallaban las cosas.

Importaba, pues, decidirse, y sin tardanza, tanto más, que el estado de situación podía autorizar en cierta manera las asiduidades de un rival.

No es que Monsieur Jean hubiese tenido motivos para estar celoso. ¿Y cómo hubiese podido estarlo, si no había más que decir una palabra para que Mademoiselle de Lauranay fuese su mujer?

Pero si no eran celos los que sentía, era una irritación profunda y muy natural contra aquel joven oficial que habíamos encontrado en el regimiento de Lieb mientras dábamos nuestro paseo por el camino de Belzingen.

En efecto: desde hacía varios meses, el teniente Frantz von Grawert se había fijado en Mademoiselle Marthe de Lauranay. Perteneciendo a una familia rica e influyente, no dudaba de que Monsieur de Lauranay se creyera muy honrado con sus atenciones y con su predilección por su nieta.

Por consiguiente, este Frantz molestaba a Mademoiselle Marthe con sus pretensiones. La seguía en la calle con una obstinación tal, que, a menos de verse muy obligada, la joven rehusaba siempre salir.

Monsieur Jean sabía todo esto. Más de una vez estuvo a punto de ir a pedir explicaciones a aquel majadero, que tanto presumía entre la alta sociedad de Belzingen; pero el temor de ver el nombre de Mademoiselle Marthe mezclado en este asunto la había detenido siempre. Cuando fuese su mujer, si el oficial continuaba persiguiéndola, él sabría perfectamente atraparla sin ruido y hacerle variar de conducta. Hasta entonces era más conveniente aparentar que no se había apercibido de sus asiduidades. Más valía evitar un escándalo, como el cual padecería la reputación de la joven.

Entretanto, la mano de Mademoiselle Marthe de Lauranay había sido pedida, hacía tres semanas, para el teniente Frantz. El padre de éste coronel del regimiento, se había presentado en casa de Monsieur de Lauranay. Había hecho presentes sus títulos, su fortuna y el gran porvenir que esperaba a su hijo. Era un hombre rudo, habituado a mandar militarmente, y ya se sabe lo que esto quiere decir; no admitiendo ni una vacilación, ni una negativa; en fin, un prusiano completo, desde la ruedecilla de sus espuelas hasta la punta de su plumero.

Monsieur de Lauranay dio muchas gracias al coronel von Grawert, y lo dijo que se consideraba muy honrado con la petición que se lo hacía; pero al mismo tiempo lo hizo saber que compromisos anteriores hacían aquel matrimonio imposible.

El Coronel, tan cortésmente despedido, se retiró muy despechado del mal éxito de su comisión. El teniente Frantz quedó por ello fuertemente irritado. No ignoraba que Jean Keller, alemán como él, era recibido en casa de Monsieur de Lauranay con un título que a él le negaban.

De aquí nació el odio que por Monsieur Jean sentía, y además un deseo ardiente de venganza, que no esperaba, sin duda, más que una ocasión para manifestarse.

Sin embargo, el joven oficial, bien fuese impulsado por los celos o por la cólera, no cesó de pretender a Mademoiselle Marthe. Por este motivo la joven tomó desde aquel día la firme resolución de no salir sola jamás, conforme lo permiten las costumbres alemanas, ni con su abuelo, ni con Madame Keller, ni con mi hermana.

Todas estas cosas no las supe yo hasta más tarde. Sin embargo, he preferido contárselas seguidas, tal como pasaron.

En cuanto al recibimiento que me fue hecho por la familia de Monsieur de Lauranay, baste deciros que no se puede desear mejor.

—El hermano de mi buena Irma es de nuestros amigos —me dijo Mademoiselle Marthe—, y tengo mucha satisfacción en poder estrecharle la mano.

¿Y creeréis que yo no encontré palabras para responder? Os digo con verdad que si alguna vez he sido tonto, fue precisamente aquel día. Cohibido, atolondrado, permanecí silencioso como un muerto. ¡Y aquella mano se me tendía con tanta gracia y de tan buena voluntad!

En fin, yo alargué la mía, y la estreché apenas; tanto miedo tenía de romperla. ¡Qué queréis! ¡Un pobre sargento!…

Después fuimos todos al jardín, y nos paseamos. La conversación me hizo estar más en mi centro. Se habló de Francia. Monsieur de Lauranay me interrogó acerca de los sucesos que allí se preparaban. Parecía temeroso de que llegasen a ser de naturaleza tal, que produjeran muchos disgustos a nuestros compatriotas establecidos en Alemania. Se preguntaba si no seria mejor salir de Belzingen y volver a establecerse en su país, en la Lorena.

—¿Pensaríais en partir? —preguntó vivamente Jean Keller.

—Temo que nos veamos obligados a ello, —respondió Monsieur de Lauranay.

—Y no quisiéramos partir solos —añadió Mademoiselle Marthe. ¿Cuánto tiempo tenéis de licencia Monsieur Delpierre?

—Dos meses, —respondí.

—Y bien, querido Jean, ¿no asistirá Monsieur Delpierre a nuestro casamiento antes de su partida?

—Si, Marthe, si.

Monsieur Jean no sabía qué responder. Su razón se rebelaba contra su corazón.

—Mademoiselle Marthe —dijo—; yo sería muy feliz si pudiera…

—Mi querido Jean —replicó ella, cortándole la frase—, ¿no procuraremos esta satisfacción a Monsieur Natalis Delpierre?

—Sí, querida Marthe —respondió Monsieur Jean, que no pudo decir otra cosa.

Pero esto me pareció suficiente.

En el momento en que los tres íbamos a retirarnos, pues ya se hacía tarde:

—¡Hija mía —dijo Madame Keller, abrazando a la joven— es digno de ti! …

—Ya lo sé, puesto que es vuestro hijo, —respondió Mademoiselle Marthe.

Después volvimos a nuestra casi. Irma nos esperaba. Madame Keller le dijo que no faltaba más, sino fijar la fecha del matrimonio.

Todos nos fuimos a acostar, y si alguna vez he pasado una noche excelente, a pesar de las vocales del alfabeto que saltaban ante mis ojos entre sueños, fue aquella seguramente, la cual pasé durmiendo de un tirón en la casa de Madame Keller.

CAPÍTULO VII

Al día siguiente no desperté hasta muy tarde. Debían ser ya lo menos las siete. Me apresuré a vestirme para ponerme a hacer mi tema, es decir, a repasar las vocales, entretanto que llegaban las consonantes.

Cuando llegaba a los últimos peldaños de la escalera, encontré a mi hermana Irma que subía.

—Ya iba yo a despertarte, —me dijo.

—Sí, se me han pegado las sábanas, y me ha retrasado.

—No es eso, Natalis; no son más que las siete, pero hay alguien que te busca.

—¿A mí?

—Si, un agente.

—¡Un agente!… ¡Diablo!… No me gustan mucho esta clase de visitas.

¿Qué era lo que podría querer de mi? Mi hermana no parecía muy tranquila.

Casi en seguida apareció Monsieur Jean.

—Es un agente de policía —me dijo—. Tened mucho cuidado, Natalis, en no decir nada que pueda comprometeros.

—Estaría gracioso que supiera que yo soy soldado, —respondí.

—Eso no es probable, Vos habéis venido a Belzingen a ver a vuestra hermana, y nada más.

Esto era la verdad, por otra parte, y yo me prometí a mi mismo mantenerme en una prudente reserva.

En esto llegué al umbral de la puerta. Allí apercibí al agente; un bribón seguramente, una facha rara, una figura estrambólica, todo destrozado, con las piernas torcidas como los pies de un banco, con cara de borracho, es decir, con el tragadero en penciente, como se dice en mi país.

Monsieur Jean la preguntó en alemán qué era lo que quería.

—¿Tenéis en vuestra casa un viajero llegado ayer a Belzingen?

—Si; ¿y qué más?

—El director de policía le envía una orden para que se presente en su despacho.

—Está bien; irá.

Monsieur Jean me tradujo esta breve conversación. No era sencillamente una invitación; era una orden la que se me comunicaba; era preciso, pues, obedecerla.

El hombre de los pies de banco se había marchado, lo cual me produjo satisfacción. No me era, a la verdad, muy grato atravesar las calles de Belzingen con aquel asqueroso polizonte. Se me indicaría dónde estaba el director de policía, y yo me arreglaría para encontrar su casa.

—¿Qué clase de persona es? —pregunté a Monsieur Jean.

—Un hombre que no carece de cierta finura. Sin embargo, Natalis; debéis desconfiar de él. Se llama Kallkreuth. Este Kallkreuth no ha procurado nunca más que proporcionarnos molestias, porque le parece que nosotros nos ocupamos demasiado de Francia. Por eso procuramos estar distanciados de él; y él lo sabe. No me admiraría el que procurara complicarnos en algún mal negocio. Por consiguiente, tened cuidado con vuestras palabras.

—¿Por qué no me acompañáis a su oficina, Monsieur Jean? —dije yo.

—Kallkreuth no me ha llamado —respondió—, y es probable que no lo agradara el verme allí.

—¿Masculla el francés, siquiera?

—Lo habla perfectamente; pero no olvidéis, Natalis, de reflexionar bien antes de responder; y no digáis a Kallkreuth más que lo que justamente debáis decir.

—Estad tranquilo, Monsieur Jean.

Se me dieron las señas de la vivienda del dicho Kallkreuth. No tenía que andar más que algunos cientos de pasos para llegar a su casa, y llegué a ella en un instante.

El agente se encontraba a la puerta, y me introdujo en seguida en el despacho del director de policía.

Parece que quiso ser una sonrisa lo que me dirigió este personaje al entrar, pues sus labios la distendieron de una oreja a la otra. Después, para invitarme a que me sentara, hizo un gesto que, sin duda, para él, debía ser de lo más gracioso.

Al mismo tiempo continuaba ojeando los papelotes que tenía amontonados sobre su mesa.

Yo me aproveché de su ocupación para examinar a mi gusto a Kallkreuth.

Era un hombre alto y aflautado, cubierto con una especie de túnica de las que usan los brandeburgueses; tenía lo menos cinco pies y ocho pulgadas; muy largo de busto lo que nosotros llamamos un quince-costillas flaco, huesudo, con los pies de una longitud enorme; una cara apergaminada, que debía estar siempre sucia, aun cuando acabara de lavarse; la boca ancha, los dientes amarillentos, la nariz aplastada por la punta, las sienes rugosas, los ojos pequeños, como agujeros de berbiquí, un punto luminoso bajo unas espesas cejas; en fin, una verdadera cara de cataplasma.

Monsieur Jean me había prevenido que desconfiara, precaución bien inútil; la desconfianza venía por sí sola desde el momento en que uno se encontraba en presencia de tal hombre.

Cuando hubo acabado de revolver sus papeles, Kallkreuth levantó la nariz, tomó la palabra, y me interrogó en un francés muy claro. Pero, a fin de darme tiempo para reflexionar, yo hice como que tenía alguna dificultad en comprenderle. Hasta tuve el cuidado de hacerle repetir cada una de sus frases.

Ved aquí, en suma, lo que me preguntó y lo que respondí en aquel interrogatorio.

—¿Vuestro nombre?

—Natalis Delpierre.

—¿Francés?

—Francés.

—¿Y vuestra profesión?

—Vendedor ambulante.

—¡Ambulante!… ¡Ambulante!… Explicaos bien; no comprendo qué significa eso.

—Significa que recorro las ferias y los mercados, para comprar…, para vender… En fin ambulante; ello mismo lo dice.

—¿Habéis venido a Belzingen?

—Así parece.

—¿A hacer qué?

—A ver a mi hermana Irma Delpierre, a la cual no había visto hacía trece años.

—¿Vuestra hermana, una francesa que está al servicio de la familia Keller? …

—Esa misma.

Al llegar aquí hubo un ligero intervalo en las preguntas del director de policía.

—¿Es decir —preguntó de nuevo Kallkreuth—, que vuestro viaje a Alemania no tiene ningún otro objeto?

—Ninguno.

—Y ¿cuándo os marchéis…?

—Emprenderé el mismo camino por donde he venido, sencillamente.

—Y haréis bien. ¿Para cuándo, poco más o menos, pensáis partir?

—Cuando lo crea más oportuno. Se me figura que un extranjero ha de poder ir y venir por Prusia según se lo antoje.

—Es posible.

Kallkreuth, después de esta palabra, clavó más fijamente sus ojos en mi. Mis respuestas lo parecían, sin duda, un poco más seguras de lo que a él lo convenía. Pero aquello no fue más que un relámpago, y el trueno no estalló todavía.

—¡Un minuto! —me dije a mí mismo—. Este galopín tiene todo el aire de un solapado bribón que no busca más que lapidarme, como dicen nuestros picardos. Ahora es cuando es preciso estar sobre aviso.

Kallkreuth volvió a comenzar su interrogatorio, tomando de nuevo su aspecto hipócrita y su voz socarrona.

Entonces me preguntó:

—¿Cuántos días habéis empleado en venir de Francia a Prusia?

—Nueve días.

—¿Qué camino habéis traído?

—El más corto, que era al mismo tiempo el mejor.

—¿Podría yo saber exactamente por dónde habéis pasado?

—Señor —dije yo entonces— ¿se puede saber a qué vienen todas esas preguntas?

—Monsieur Delpierre —me dijo entonces Kallkreuth con tono seco— en Prusia tenemos la costumbre de interrogar a los extranjeros que vienen a visitarnos.

Esta es una formalidad de la policía; y sin duda vos no tendréis la intención de sustraeros a ella.

—Sea —dije—. He venido por la frontera de los Países Bajos; el Brabante, la Westfalia, el Luxemburgo, la Sajonia…

—¿Entonces habéis debido dar un gran rodeo?…

—¿Por qué?

—Porque habéis llegado a Belzingen por el camino de Thuringia.

—De Thuringia, en efecto.

Yo comprendí que aquel curioso sabía ya a qué atenerse, y era preciso no cortarse.

—¿Podréis decirme por qué punto habéis pasado la frontera de Francia?

—Por Tournay.

—¡Es extraño!

—¿Por qué es extraño?

—Porque vos estáis señalado como habiendo seguido el camino de Zerbst.

—Eso se explica por el rodeo.

Evidentemente había sido espiado, y no me cabía duda de que lo había sido por el posadero del Ecktvende.

Se recordará que aquel hombre me había visto llegar mientras mi hermana me esperaba en el camino. En suma: la cosa estaba convenida; Kallkreuth quería embrollarme, para tener noticias de Francia. Yo me dispuse, pues, a guardar más reserva que nunca.

Él continuó:

—¿Entonces no habéis encontrado a los alemanes del lado de Thionville?

—No.

—¿Y no sabéis nada del general Dumourieff?

—No le conozco.

—¿Ni nada del movimiento de las tropas francesas reunidas en la frontera?

—Nada.

A esta respuesta, la fisonomía de Kallkreuth cambió, y su voz se hizo imperiosa.

—Tened cuidado, Monsieur Delpierre, —me dijo.

—¿De qué? —repliqué yo.

—Este momento no es el más favorable para que los extranjeros viajen por Alemania, sobre todo cuando son franceses, pues a nosotros no nos gusta que se venga a ver lo que aquí pasa.

—Pero no os disgustaría saber lo que pasa en otras partes. Sabed que yo no soy un espía.

—Lo deseo por interés vuestro —respondió Kallkreuth con tono amenazador—. Tendré los ojos siempre sobre vos, porque al fin sois francés. Ya habéis ido a visitar una familia francesa, la de Monsieur de Lauranay; habéis venido a parar en casa de la familia Keller, que ha conservado siempre algo que la tira a Francia; no es preciso más, en las circunstancias en que nos encontramos, para ser sospechoso.

—¿No era yo libre para venir a Belzingen? —respondí.

—Perfectamente.

—¿Están en guerra Francia y Alemania?

—Todavía no. Decid, Monsieur Delpierre: ¿vos parecéis tener buenos ojos?

—Excelentes.

—Pues bien: yo os invito a no serviros de ellos demasiado.

—¿Por qué?

—Porque cuando se mira, se ve; y cuando se ve, se está tentado de contar lo que se ha visto.

—Por segunda vez, monsieur Kallkreuth, os repito que no soy un espía.

—Y por segunda vez os repito que así lo deseo; de lo contrario…

—¿De lo contrario qué?…

—Me obligaríais a haceros conducir a la frontera, a menos que…

—¿A menos qué?

—Que con objeto de ahorraros las molestias del viaje nos conviniese cuidar de vuestra alimentación y vuestro alojamiento durante un tiempo más o menos largo.

Dicho esto, Kallkreuth me indicó con un gesto que podía retirarme.

Esta vez su brazo no estaba terminado por una mano abierta, sino por un puño cerrado. No encontrándome de humor de echar raíces en la oficina de policía, giré sobre mi demasiado militarmente acaso, dando una media vuelta, que podía delatarme como soldado. No estaba yo seguro de que aquel animal no la hubiese notado.

Volví entonces a casa de Madame Keller. Para en adelante, ya estaba advertido. No se me perdería de vista.

Monsieur Jean me esperaba. Le conté en detalle todo lo que había pasado entro Kallkreuth y yo, haciéndole saber que me encontraba directamente amenazado.

—Eso no me admira nada absolutamente —respondió—. Y podéis alabaros de que no habéis salido mal librado de la policía prusiana; pero tanto para vos, como para nosotros, Natalis, temo complicaciones en el porvenir.

CAPÍTULO VIII

Sin embargo, los días pasaban agradablemente entre paseos y trabajos. Mi joven maestro hacía constar con satisfacción mis progresos. La vocales estaban ya bien metidas en mi cabeza. Habíamos atacado a las consonantes. Hay algunas que me dieron mucho que hacer. Las últimas, sobre todo. Pero, en fin, la cosa marchaba. Bien pronto llegaría a reunir las letras para formar palabras. Parece que yo tenía buenas disposiciones… ¡a los treinta y un años! …

No tuvimos más noticias de Kallkreuth, ni recibí orden de presentarme de nuevo en su oficina. Sin embargo, no cabía duda de que se nos espiaba, y más particularmente a vuestro servidor, a pesar de que el género de vida que hacia no daba lugar a ninguna sospecha. Yo pensaba, pues, que me vería libre con la primera advertencia, y que el director de policía no se encargaría de alojarme ni de conducirme a la frontera.

Durante la semana siguiente, Monsieur Jean se vio obligado a ausentarse por pocos días. Le fue preciso ir a Berlín, a causa de su maldito pleito. A toda costa quería una solución, pues la situación se hacía insostenible. ¿Cómo sería acogida su pretensión? ¿Volvería sin haber podido obtener siquiera una fecha para la vista? ¿Es que buscaban la manera de ganar tiempo? Era de temer.

Durante la ausencia de monsieur Jean, por consejo de Irma, yo me había encargado de observar las maniobras de Frantz von Grawert. Por lo demás, como Mademoiselle Marthe no salió más que una vez para ir al templo, no pudo ser encontrada por el teniente. Todos los días pasaba este varias veces por delante de la casa de Monsieur de Lauranay, tan pronto a pie, contoneándose y haciendo sonar sus botas, tan pronto cabalgando y haciendo caracolear su caballo, un animal magnífico, es decir, lo mismo que su amo. Pero a todo esto, rejas corridas y puerta cerrada. Yo dejo a vuestra consideración lo que él debía rabiar. Pero por esto mismo convenía acelerar el matrimonio.

Por esta razón había querido Monsieur Jean ir por última vez a Berlín. Fuese cualquiera el resultado de su viaje, estaba decidido que se fijaría la fecha del matrimonio en el momento que estuviese de vuelta en Belzingen.

Monsieur Jean había partido el 18 de Junio, y no debía volver hasta el 21. Durante este tiempo, yo había trabajado con ardor. Madame Keller reemplazaba a su hijo en el trabajo de mi enseñanza. Ponía en ello una complacencia que cada vez iba en aumento. ¡Con qué impaciencia esperábamos la vuelta del ausente! Fácil es de imaginarse. En efecto: las cosas urgían. Se juzgará de la situación por el hecho siguiente que voy a contar, y que no supe hasta más adelante, sin dar mi opinión acerca de él; pues, lo confieso francamente, cuando se trata de las enmarañadas cosas de la política, no entiendo ni jota.

Desde 1790, los emigrados franceses se hallaban refugiados en Coblentza. El año último, el 91, después de haber aceptado la Constitución, el rey Luis XVI había notificado esta aceptación a las potencias extranjeras. Inglaterra, Austria y Prusia protestaron entonces de sus amistosas intenciones. Pero ¿se podía confiar en ellas? Los emigrados, por su parte, no cesaban de incitar a la guerra. Adquirían multitud de fornituras militares, y formaban batallones a pesar de que el rey les había dado orden de volver a Francia, no interrumpían sus preparativos belicosos. Aunque la Asamblea legislativa hubiese instado a los electores de Maguncia y Tréveris, y a otros príncipes del Imperio, a que trataran de dispersar la aglomeración de emigrados cerca de la frontera, ellos permanecían siempre allí, dispuestos a conducir los invasores.

Entonces fueron organizados tres ejércitos en el Este, de manera que pudiesen darse la mano. El conde de Rochambeau, mi antiguo general, fue a Flandes a tomar el mando del ejército del Norte; Lafayette el del Centro, a Metz, y Luckner el del ejército de Alsacia; en total, doscientos mil hombres próximamente entre sables y bayonetas. En cuanto a los emigrados, ¿por qué habían de renunciar a sus proyectos y obedecer las ordenes del Rey, puesto que Leopoldo de Austria se preparaba a ir en su ayuda?

Tal era el estado de las cosas en 1791. Ved aquí lo que era en 1792. En Francia, los jacobinos, con Robespierre a la cabeza, se habían pronunciado vigorosamente contra la guerra. Los cordeliers los sostenían, por el temor de ver surgir una dictadura militar. Al contrario: los girondinos, guiados por Louvet y Drissot, querían la guerra a toda costa, a fin de poner al Rey en la obligación de manifestar claramente sus intenciones.

Entonces fue cuando apareció Dumouriez, que había mandado las tropas en la Veudée y en Normandía. Bien pronto fue llamado, para poner su genio militar y político al servicio de su país. Aceptó el encargo, y formó en seguida un plan de campaña: guerra a la vez ofensiva y defensiva. De ese modo había la seguridad de que las cosas no irían despacio.

Sin embargo, hasta entonces Alemania no se había movido.

Sus tropas no amenazaban la frontera francesa, y aún repetían que nada hubiese sido más perjudicial para los intereses de Europa.

En estas circunstancias murió Leopoldo de Austria. ¿Qué haría su sucesor? ¿Seria partidario de la moderación? Seguramente no, y así lo demostró en una nota publicada en Viena, que exigía el restablecimiento de la monarquía sobre las bases de la declaración real de 1789.

Como puede comprenderse, Francia no se podía someter a una opresión semejante, que pasaba los límites de lo justo. El efecto de esta nota fue considerable en todo el país. Luis XVI se vio obligado a proponer a la Asamblea nacional la declaración de guerra a Francisco I, Rey de Hungría y de Bohemia. Así fue decidido, y quedó resuelto el atacarle primeramente en sus posesiones de Bélgica.

El general Biron no tardó en apoderarse de Quiévrain, y era de esperar que no habría nada que pudiese detener el entusiasmo de las tropas francesas, cuando delante de Mons, un pánico injustificado vino a modificar la situación. Los soldados, después de haber lanzado el grito de traición, degollaron a los oficiales Dillon y Berthols.

Al tener noticia de este desastre, Lafayette creyó prudente detener su marcha hacia Givet.

Esto pasaba en los últimos días de Abril, antes de que yo hubiese salido de Charleville.

Como se ve, en aquel momento Alemania no estaba todavía en guerra con Francia.

El 13 de Julio siguiente fue nombrado Dumouriez ministro de la Guerra. Esto lo supimos ya en Belzingen, antes que Monsieur Jean hubiese vuelto de Berlín. Esta noticia era de una gravedad extrema. Era fácil prever que los acontecimientos iban a cambiar de carácter, y que la situación iba a dibujarse claramente. En efecto: si Prusia había guardado hasta entonces una neutralidad absoluta, era muy de temer que, en vista de los sucesos, se preparase a romperla de un momento a otro. Su hablaba ya de ochenta mil hombres que avanzaban hacia Coblentza.

Al mismo tiempo se había esparcido en Belzingen el rumor de que el mando de los viejos soldados de Federico el Grande seria dado a un general que gozaba da bastante celebridad en Alemania: al duque de Brunswick. Se comprende el efecto que causaría esta noticia, aun antes de que fuese confirmada. Además, incesantemente se veían pasar tropas hacia la frontera.

Yo hubiera dado cualquier cosa por ver al regimiento de Lieb, al coronel von Grawert y a su hijo Frantz partir hacía el mismo sitio. Esto nos hubiese desembarazado para siempre de tales personajes. Por desgracia, este regimiento no recibió ninguna orden; así fue que el teniente continuó paseando las calles de Belzingen, y más particularmente por delante de la casa, siempre cerrada, de Monsieur de Lauranay.

En cuanto a mi, mi posición se prestaba a serias reflexiones.

Yo estaba disfrutando una licencia, regularmente concedida, es verdad, y en un país que no había roto todavía las hostilidades con Francia. Pero ¿podía olvidar que pertenecía al Real de Picardía, y que mis camaradas se encontraban de guarnición en Charlevílle, casi en la frontera?

Ciertamente, si había un choque con los soldados de Francisco de Austria, o de Federico Guillermo de Prusia, el regimiento Real de Picardía estaría en primera fila para recibir los primeros tiros, y yo me hubiese desesperado de estar en mi puesto, a fin de tomar en la lucha la parte que me correspondiera.

Con esto comenzaba yo a inquietarme seriamente. Sin embargo, guardaba mis disgustos para mi, no queriendo entristecer ni a Madame Keller ni a mi hermana, y no sabía por qué partido decidirme.

En fin, en tales condiciones, la posición de un francés era difícil. Mi hermana lo comprendía también en lo que a ella le concernía. Seguramente, por gusto y por voluntad suya, no consentiría jamás en apartarse de Madame Keller. Pero ¿no podía suceder que llegara el caso de que tomaran medidas contra los extranjeros? ¿Y si Kallkreuth venía a darnos veinticuatro horas de término para abandonar a Belzingen?

Fácilmente se comprende cuáles debían ser nuestras inquietudes. No eran tampoco menos grandes cuando pensábamos en la situación de Monsieur de Lauranay. Si se le obligaba a salir del territorio y a marchar a través de un país en estado de guerra, ¡cuán lleno de peligros estaría aquel viaje para su nieta y para él! Y el matrimonio, que todavía no se había llevado a cabo: ¿cuándo se verificaría? ¿Tendrían el tiempo suficiente para celebrarlo en Belzingen? En verdad, no se podía hablar con seguridad de nada.

Entretanto, cada día pasaban a través de la población tropas de diversas armas, de infantería y de caballería, sobre todo de hulanos, que iban a tomar el camino de Magdeburgo. Después iban los convoyes de pólvora y balas, y los carruajes por centenares.

Era un ruido incesante de tambores y de llamamiento de trompetas. Algunas veces, con bastante frecuencia, hacían paradas de algunas horas en la Plaza Mayor, y entonces, ¡qué de idas y venidas, regadas con vasos de cerveza y de kirschenwasser, pues el calor era ya fuerte! Ya se comprenderá que yo no me podía contener de ir a verlos, por más que corriese el riesgo de disgustar a monsieur Kallkreuth y a sus agentes. En seguida qué escuchaba una música o un redoblo de tambor, me era indispensable salir, si estaba libre.

Digo si estaba libre, pues en el caso de que Madame Keller me hubiese estado dando la lección de lectura, por nada del mundo la hubiera dejado. Pero a la hora del recreo, yo me escurría por la puerta, alargaba el paso, llegaba al punto por donde pasaban las tropas, las seguía hasta la Plaza Mayor, y allí me estaba mira que te mira, a pesar de que Kallkreuth me había ordenado no mirar.

En una palabra: si todo aquel movimiento me interesaba en mi calidad de soldado, en mi cualidad de francés no podía menos de decirme «¡Un minuto!: esto no marcha bien. Es cosa segura que las hostilidades no tardarán en romperse».

El día 21 volvió Monsieur Jean de su viaje a Berlín. Conforme se lo temía, así resultó. ¡Viaje inútil! El pleito se hallaba siempre en el mismo estado. Imposible era prever cuál sería su resultado; ni siquiera cuándo acabaría. Esto era desesperante.

En cuanto a lo demás, según lo que en la capital había oído decir, Monsieur Jean traía esta impresión: que de uno a otro día Prusia iba a declarar la guerra a Francia.

CAPÍTULO IX

Al día siguiente, y en los posteriores, anduvimos todos a caza de noticias. El asunto había de decidirse antes de ocho días, o poco más. Todavía pasaron tropas durante los días 21, 22 y 23. Incluso un General, que, según me dijeron, era el conde de Kaunitz, seguido de su estado mayor. Toda aquella gran masa de soldados adelantaba por el camino de Coblentza, donde esperaban los emigrados. La Prusia, prestando ayuda a Austria, no disimulaba ya que marchaba contra Francia.

Como se comprenderá fácilmente, mi situación en Belzingen empeoraba de día en día. Evidentemente, no sería mejor para la familia de Lauranay ni para mi hermana Irma, una vez que la guerra fuese declarada. El encontrarse en Alemania en tales condiciones era cosa que debía crearles, más que molestias, peligros reales, y convenía estar preparados para cualquier eventualidad.

Yo hablaba a menudo de esto con mi hermana. La pobre criatura trataba en vano de ocultar sus inquietudes. El temor de verse separada de Madame Keller no la dejaba un instante de reposo. ¡Dejar aquella familia!… Jamás se la había pasado por el pensamiento que el porvenir le reservara semejante desgracia. ¡Alejarse de aquellos seres amados, cerca de los cuales debía, a su parecer, transcurrir su vida toda entera! ¡Decirse que acaso no le seria ya posible volverlos a ver, si los acontecimientos venían mal!…

Esto era bastante para desgarrar su alma.

—Si esto sucede, moriré decía; sí, me moriré.

—Te comprendo, Irma —respondía yo— la situación es difícil; pero es preciso hacer todos los esfuerzos posibles para salir de ella. Veamos. ¿No se podría conseguir que Madame Keller se decidiese a dejar a Belzingen, puesto que ahora no tiene razón ninguna para continuar en el país?, a mí me parece que sería prudente tomar esta resolución antes de que las cosas se echaran a perder del todo.

—Eso sería lo más prudente, Natalis; pero, sin embargo, estoy segura de que Madame Keller se negará a partir sin su hijo.

—¿Y por qué había de negarse a seguirla Monsieur Jean? ¿Qué le retiene en Prusia? ¿En arreglar sus negocios? Ya los arreglará más tarde. Ese pleito que no acaba nunca, ¿es que en las circunstancias actuales no será preciso esperar meses y meses antes de obtener un resultado?

—Probablemente, Natalis.

—Por otra parte, lo que me inquieta sobre todo, es que el matrimonio de Monsieur Jean con Mademoiselle Marthe no se ha verificado todavía. ¿Quién sabe los impedimentos y los retrasos que pueden sobrevenir? Que se expulse a los franceses de Alemania, lo cual es muy posible: Monsieur de Lauranay y su nieta se verán obligados a salir en el término de veinticuatro horas. Y entonces, ¡qué cruel separación para estos jóvenes! Por el contrario, si el matrimonio se verifica, o Monsieur Jean llevara consigo su mujer a Francia, o, si se ya obligado a permanecer en Belzingen, al menos quedará ella con él.

—Tienes razón, Natalis.

—Yo, en tu lugar, Irma, hablaría de esto a Madame Keller; ella lo consultaría con su hijo; se apresurarían a verificar el casamiento, y, una vez hecho, podríamos dejar marchar los sucesos.

—Sí —respondió Irma— es preciso que el matrimonio se haga sin tardanza. Por otra parte; los impedimentos no vendrán de Marthe.

—¡Oh, no! ¡Excelente señorita!… Y, además, un marido, un marido como Monsieur Jean, ¡qué garantía para ella!… Ya ves, Irma; sola con su abuelo, ya anciano, obligada a salir de Belzingen, a atravesar toda la Alemania cuajada de tropas. ¿Qué seria de los dos? Es preciso, pues, despacharse y terminar pronto, y no esperar a que sea imposible verificarlo.

—¿Y ese Oficial? —me preguntó mi hermana—. ¿Le encuentras todavía algunas veces?

—Casi todos los días, Irma. Es una desgracia que su regimiento esté todavía en Belzingen. Yo hubiera querido que el matrimonio de Mademoiselle de Lauranay no fuese conocido hasta después de su marcha.

—En efecto, eso sería lo mejor.

—Temo que al saberlo, ese Frantz quiera intentar alguna mala partida. Monsieur Jean es bastante hombre para hacerle frente, y entonces... En fin: que no estoy tranquilo.

—Ni yo, Natalis. Es preciso, pues, hacer el matrimonio lo más pronto posible. Será preciso llenar ciertas formalidades, y temo siempre que la mala noticia estalle a cada momento.

—Habla, pues, a Madame Keller.

—Hoy mismo.

Si; importaba mucho el apresurarse, y acaso entonces mismo era ya demasiado tarde.

En efecto: un suceso recién acontecido iba sin duda a decidir a Prusia y Austria a precipitar la invasión. Se trataba del atentado que acababa de cometerse en París el día 20 de Junio, y cuya noticia fue esparcida de inmediato por los agentes de las dos potencias coligadas.

El 20 de Junio, las Tullerías habían sido invadidas. El populacho, conducido por Santerre, después de haber desfilado por delante de la Asamblea legislativa, había atacado el palacio de Luis XVI. Puertas derribadas a hachazos, rejas forzadas, piezas de cañón subidas hasta el primer piso: todo indicaba la violencia a que se iba a entregar la muchedumbre. La calma del Rey, su sangre fría, su valor, lo salvaron, así como a su mujer, a su hermana y a sus dos hijos. ¿Pero a qué precio? Después que hubo consentido en ponerse en su cabeza el gorro frigio.

Evidentemente, entre los partidarios de la corte, así como entre los constitucionales, aquel ataque del Palacio Real fue considerado como un crimen. Sin embargo, el Rey había quedado Rey. Se le harían ciertos homenajes; pura fórmula; ¡caldo para los muertos!... Además, ¿cuánto tiempo duraría aquello? Los más confiados no le daban dos meses de reinado, después de aquellas amenazas y aquellos insultos. Y, como es sabido, los que así pensaron, no se habían engañado, puesto que seis semanas más tarde, el 10 de Agosto, Luis XVI iba a ser arrojado de las Tullerais, destituido, aprisionado en el Temple, de donde no debía salir más que para llevar su cabeza a la plaza de la Revolución.

Si el efecto producido por este atentado fue grande en París, y grande en toda Francia, difícilmente se podrá tener una idea de la resonancia que tuvo en el extranjero. En Coblentza estallaron gritos de dolor, de odio, de venganza, y no os admiraréis de que su eco hubiese llegado hasta aquel pequeño rincón de la Prusia en que nosotros nos encontrábamos encerrados. Por poco que los emigrados se pusieran en marcha y que los imperiales, como ya se les llamaba, fuesen en su auxilio, aquello sería seguramente una guerra terrible.

Bien se comprendía esto en París: por consiguiente, habían sido tomadas medidas enérgicas, para estar prevenidos a cualquier acontecimiento. La organización de los federados se hizo en plazo muy breve. Los patriotas, habiendo hecho el Rey y a la Reina responsables de la invasión que amenazaba a Francia, decidieron por mandato de la Comisión de la Asamblea, que toda la nación se pusiese sobre las armas, y que obrase por si misma, sin que el gobierno tuviese que Intervenir.

Y ¿qué seria preciso para que el entusiasmo se produjese? Una fórmula solemne, una declaración que seria hecha por el Cuerpo legislativo: «La patria está en peligro».

Esto es lo que supimos algunos días después de la vuelta de Monsieur Jean, lo cual produjo en todos una agitación extraordinaria.

A cada momento temimos averiguar que Prusia había respondido a la conducta de Francia con una declaración de guerra.

Entretanto, se observaba un movimiento extraordinario en todo el país. Los correos y las estafeta pasaban a galope tendido a través de la población. Continuamente se cambiaban órdenes entre los cuerpos de ejército en marcha hacia el Oeste y los que venían del Este de Alemania. Se decía también que los sordos debían unirse a los imperiales, que avanzaban ya y amenazaban la frontera. Por desgracia, todos estos rumores no eran sino demasiado ciertos.

Estos acontecimientos produjeron en los Keller y en los Lauranay una inquietud extrema. Personalmente, mi situación se hacia cada vez más insostenible y difícil. Todos lo comprendían, y si yo no hablaba de ello, era porque no quería infundir nuevos motivos de disgusto a los que atormentaban ya a las dos familias.

En suma, no bahía tiempo que perder. Puesto que el casamiento estaba convenido, era preciso celebrarle sin tardanza ninguna.

Esto fue resuelto aquel mismo día, y con toda urgencia.

De común acuerdo se fijó la fecha, que fue el día 29. Este plazo se creyó que bastaría para el arreglo de las formalidades necesarias, que eran muy sencillas en aquella época. La ceremonia se verificaría en el templo, delante de los testigos indispensables, escogidos entre las personas relacionadas con las familias Keller y Lauranay. Yo debí de ser uno de dichos testigos. ¡Qué honor para un simple sargento!

Otra cosa fue igualmente decidida; a saber; que se obraría todo lo secretamente posible. No se diría nada de lo que se trataba de hacer sino es a los testigos cuya presencia era indispensable. En aquellos días de revuelta, era preciso evitar el llamar la atención sobre si. Kallkreuth hubiera metido muy pronto la nariz en el asunto. Además, había la cuestión del teniente Frantz, quien, por despecho o por venganza, hubiera podido producir cualquier escándalo, del cual nacerían tal vez complicaciones que era necesario evitar a toda costa.

En cuanto a los preparativos, estos no debían exigir mucho tiempo. Era opinión de todos que la ceremonia debía organizarse y llevarse a cabo lo más sencillamente posible, y sin preparar fiestas, en las cuales todos hubieran gozado en otras circunstancias menos inquietantes. Es decir, habría matrimonio, pero no habría bodas. Esto seria todo.

Y era necesario apresurarse, sin perder ni una hora. No era aquel el momento a propósito para repetir el antiguo refrán picardo que dice: «No hay necesidad de apresurarse, porque la feria no está sobre el puente». La situación era amenazadora, y de un instante a otro podía cerrarnos el paso.

Sin embargo, a pesar de todas las precauciones que se habían tomado, parece que el secreto no se guardó como hubiera debido guardarse. Era cosa segura que los vecinos —¡oh, los vecinos de provincia!— se preocupaban de lo que se preparaba entre las dos familias. Había indudablemente algunas idas y venidas y algún movimiento que estaban fuera de lo acostumbrado. Esto, como era natural, despertó la curiosidad de todos.

Además, Kallkreuth no cesaba un momento de tener la vista fija sobre nosotros. No cabía duda de que sus agentes tenían orden de vigilarnos de cerca. Tal vez las cosas no marcharían tan sencillamente como nos habíamos figurado.

Pero lo que hubo en esto de más sensible, fue que la noticia del matrimonio llegó a oídos del teniente van Grawert.

La primera que supo esto fue mi hermana, por conducto de la criada de Madame Keller.

Algunos oficiales del regimiento de Lieb habían hablado de este asunto en la Plaza Mayor.

Por casualidad, Irma pudo también escuchar la conversación, y ved las noticias que pudo comunicarnos.

Cuando el teniente tuvo noticia del proyectado matrimonio, se había abandonado a un violento acceso de cólera, diciendo a sus camaradas que el tal matrimonio no se llevaría a efecto, porque se encontraría buenos todos los medios para impedirlo.

Yo esperaba que Monsieur Jean no supiera nada de esto. Por desgracia, toda la conversación le fue referida. A mí me habló de ello, sin poder dominar su indignación. Mucho trabajo me costó el calmarle. Quería ir a buscar al teniente Frantz y obligarle a dar explicaciones de sus palabras, por más que era muy dudoso que un oficial consintiese en entenderse con un paisano como Monsieur Keller.

En fin, aunque con grandes esfuerzos, logré convencerle, después de haberle hecho comprender que su determinación nos pondría en peligro de comprometerlo todo.

Monsieur Jean se rindió. Me prometió no hacer caso de las palabras del teniente, cualesquiera que ellas fuesen, y no se ocupó más que de las formalidades de su matrimonio.

Todo el día 23 pasó sin Incidente alguno. No había que esperar ya más que cuatro días. Yo contaba las horas y los Un minutos. Celebrada la unión, se resolvería el grave problema de abandonar definitivamente a Belzingen.

Pero la tempestad estaba sobre, nuestras cabezas, y el rayo estalló en la noche de aquel mismo día. La terrible noticia llegó a eso de las nueve de la noche.

Prusia acababa de declarar la guerra a Francia.

CAPÍTULO X

Este era el primer golpe, pero estaba rudamente asestado. Y, sin embargo, debía ir seguido de otros más fuertes todavía. Pero no anticipemos los sucesos, y sometámonos a los decretos de la Providencia, como dicen los curas de nuestro país desde lo alto de su púlpito.

La guerra, pues, se había declarado a Francia, y yo, francés, me encontraba en país enemigo. Si los prusianos ignoraban que yo era soldado, esto me creaba, para conmigo mismo, una situación extremadamente penosa.

Mi deber me ordenaba dejar secreta o públicamente a Belzingen, no importa por qué medio, y reunirme lo más pronto posible a mi regimiento, para ocupar mi puesto en las filas. Ya, no se trataba de mi licencia, ni de las seis semanas que de ella me quedaban todavía. El Real de Picardía ocupaba a Charleville, a algunas leguas solamente de la frontera francesa. Seguramente tomaría parte en los primeros encuentros. Era preciso estar allí.

Pero ¿qué sería de mi hermana, de Monsieur de Lauranay y de Mademoiselle Marthe? ¿No les causaría su nacionalidad dificultades y disgustos?

Los alemanes son de una raza dura, que no conoce los arreglos y las conveniencias cuándo sus pasiones se desencadenan. Por consiguiente, mi terror hubiera sido grande si hubiese visto a Irma, a Mademoiselle Marthe y a su abuelo lanzarse solos por los caminos de la Alta y Baja Sajonia, en el momento en que los recorrían los ejércitos prusianos.

No había más que una cosa que hacer; y era que saliesen el mismo tiempo que yo; que aprovecharan mi viaje para volver a Francia en seguida y en el menor tiempo posible. Podían contar seguramente con mi fidelidad y con mi afecto. Si Monsieur Jean, llevando consigo a su madre, se unía a nosotros, me aprecia que hallaríamos medio de pasar la frontera a pesar de todo.

Sin embargo, ¿tomarían este partido Madame Keller y su hijo?, a mi me parecía cosa muy sencilla. ¿No era Madame Keller francesa de origen? ¿No lo era por ella a medias Monsieur Jean? No podían, pues, temer que se les hiciese una mala acogida del otro lado del Rhin cuando se les conociera. Mi opinión era, pues, que no había que dudar un Instante. Estábamos en el día 26; el matrimonio debía verificarse el 29: no había, pues, entonces ningún motivo para permanecer en Prusia, y el día siguiente podíamos ya haber abandonado el territorio. Es verdad que esperar tres días todavía era como esperar tres siglos, durante los cuales me vería precisado a pisar el freno. ¡Ah! ¿Por qué Monsieur Jean y Mademoiselle Marthe no se habían casado ya?

Sí, sin duda, esto sería lo más conveniente; pero este matrimonio, que todos deseábamos tanto, que yo esperaba con ansiedad; este matrimonio entre un alemán y una francesa, ¿sería posible, ahora que la guerra estaba declarada entre los dos países?

A decir verdad, yo no me atrevía a contemplar de frente la situación, y no era yo solo en comprender todo lo que tenía de grave. Por aquellos días evitábase hablar de ello entre las dos familias. Se sentía como un peso que nos agobiaba a todos. ¿Qué es lo que iba a suceder? Ni yo ni nadie podía imaginar qué curso iban a tomar los sucesos pues no dependía de nosotros el alterar su marcha.

El 26 y el 27 no sobrevino ningún acontecimiento nuevo. Las tropas continuaban pasando siempre. Sin embargo, yo creí notar que la policía hacía vigilar más activamente la casa de Madame Keller. Varias veces encontré al agente de Kallkreuth, a patas de banco. Me miraba de una manera que seguramente le hubiera valido una soberbia bofetada si esto no hubiese venido a complicar las cosas. Esta vigilancia no dejaba de inquietarme bastante. Yo era particularmente el objeto de ella, por consiguiente, no podía vivir tranquilo, y la familia Keller se hallaba en el mismo angustioso trance que yo.

Para todos era demasiado visible que Mademoiselle Marthe derramaba abundantes lágrimas. En cuanto a Monsieur Jean, por lo mismo que trataba de contenerse, sufría indudablemente mucho más. Yo le observaba con cuidado, y la veía estar de día en dio más sombrío. En nuestra presencia se callaba, y se mantenía como retirado de nosotros. Durante su visita a Monsieur de Lauranay, parecía que se hallaba agobiado por un pensamiento que no osaba explicar, y cuando se creía que iba a decir algo, sus labios se cerraban en seguida.

El 28, por la noche, nos hallábamos reunidos, en el salón de Monsieur de Lauranay.

Monsieur Jean nos había rogado que asistiéramos todos. Quería, según nos dijo, hacernos una comunicación que no podía ser aplazada.

Se había comenzado por hablar de varias cosas Insignificantes; pero la conversación languidecía. Se desprendía de todos un sentimiento muy penoso, que todos también sentíamos, según lo que he podido observar, desde que supimos la declaración de guerra.

En efecto, la diferencia de raza entre franceses y alemanes venía a quedar más acentuada por aquella declaración. En el fondo, todos lo comprendíamos perfectamente; pero Monsieur Jean se sentía más directamente herido por esta complicación deplorable.

A pesar de que ya nos hallábamos en la víspera del matrimonio, nadie hablaba de él; y, sin embargo, si no hubiese ocurrido ningún acontecimiento, al día siguiente Monsieur Jean Keller y Mademoiselle Marthe hubieran debido ir al templo, entrar en él como prometidos y salir como esposos, ligados para toda la vida. Y de todo esto… ni una palabra.

Entonces Mademoiselle Marthe se levantó; se aproximó a Monsieur Jean, que se hallaba en un rincón de la sala, y con una voz cuya emoción trataba en vano de ocultar, le preguntó:

—¿Qué hay?

—¿Que qué hay Marthe? —exclamó Monsieur Jean, con un acento tan doloroso, que me penetró hasta el corazón.

—Hablad, Jean —replicó Marthe—. Hablad, por penoso que sea de escuchar lo que, tengáis que decirme.

Monsieur Jean levantó la cabeza. Parece que se sentía comprendido de antemano.

No, no olvidaré jamás los detalles de esta escena, aun cuando viviese cien años.

Monsieur Jean estaba de pie delante de Mademoiselle de Lauranay, una de cuyas manos tenía entre las de él; y en tal actitud, haciéndose violencia, dijo:

—Marthe, en tanto que la guerra no estaba declarada entre Alemania y Francia, yo podía pensar en hacer de vos mi mujer. Hoy mi país y el vuestro van a batirse, y ahora, al solo pensamiento de arrancaros de vuestra patria, de robaros vuestra cualidad de francesa casándome con vos..., no me atrevo. Comprendo que no tengo el derecho de hacerlo; toda mi vida seria un eterno remordimiento; vos me comprendéis bien; no, no puedo…

¡Si se le comprendía!… ¡Pobre Monsieur Jean!… No encontraba palabras para expresar lo que sentía; pero ¡tenía necesidad de hablar para hacerse comprender!…

—Marthe —replicó— de hoy en adelante va a haber sangre entre nosotros; sangre francesa, de la cual sois vos.

Madame Keller, como clavada en su asiento, con los ojos bajos, no se atrevía a mirar a su hijo. Un ligero temblor de labios, la contracción de sus dedos, todo indicaba que su corazón estaba próximo a romperse.

Monsieur de Lauranay había dejado caer su cabeza entre sus manos. Las lágrimas corrían en abundancia de los ojos de mi hermana.

—Aquellos, de los cuales yo soy —continuó Monsieur Jean—, van a marchar contra Francia, contra ese país que yo amo tanto. Y ¡quién sabe si bien pronto no me verá yo obligado a reunirme!…

No pudo acabar la frase. Su pecho estallaba, ahogado por los sollozos, que no podía contener sino con un esfuerzo sobrehumano, pues no parece bien que un hombre llore.

—Hablad, Jean —dijo Mademoiselle de Lauranay— hablad ahora, que todavía tengo fuerza para seguir escuchándoos.

—Marthe —respondió— bien sabéis cuánto os amo; pero sois francesa, y yo no tengo el derecho da hacer de vos una alemana, una enemiga de…

—Jean —respondió Mademoiselle Marthe——yo también os amo, bien lo sabéis. Nada de lo que suceda en el porvenir cambiará mis sentimientos. Yo os amo, y os amaré siempre.

—¡Marthe! —exclamó Jean, que había caído a sus pies—. ¡Querida Marthe!… Oíros hablar así, y no poder deciros: «Si; mañana iremos al templo, mañana seréis mi mujer, y nada ni nadie nos separara ya»… ¡No!… ¡es imposible!…

—Jean —dijo Monsieur de Lauranay— lo que parece imposible ahora…

—No lo será más tarde —exclamó Monsieur Jean—. Si, Mademoiselle de Lauranay; esta guerra odiosa, acabará. Entonces…, Marthe, Yo os encontraré… Yo podré sin remordimientos llamarme vuestro esposo. ¡Oh, Dios mío!, ¡qué desdichado soy!

Y el desgraciado, que había vuelto a ponerse en pie, se tambaleaba, casi hasta el punto de caer.

Mademoiselle Marthe se aproximó a él, y a su lado, con una voz dulce y llena de ternura.

—Jean —añadió— no tengo más que una cosa que deciros. En… no importa qué tiempo; vos me volveréis a encontrar tal como hoy soy para vos. Yo comprendo el sentimiento que os inspira el deber de obrar así. Si, lo veo; hay en este momento un abismo entre nosotros; pero yo os juro ante Dios, que, si no soy vuestra, no seré tampoco de nadie jamás.

Con un movimiento irresistible, Madame Keller había atraído hacia sí a Mademoiselle. Marthe, y la estrechaba entre sus brazos.

—¡Marthe!… —le dijo—. Lo que mi hijo acaba de hacer, le coloca más alto y más digno de ti. Sí, más tarde, no en este país, de donde yo quisiera haber salido ya, sino en Francia, nos volveremos a ver, tú serás mi hija, mi verdadera hija y tú misma me perdonarás por mi hijo el que es alemán.

Madame Keller pronunció estas palabras con una entonación tan desesperada, que Monsieur Jean la interrumpió, precipitándose hacia ella:

—¡Madre mía!, ¡querida madre!… —exclamó—. ¡Yo hacerte un reproche! … ¿Soy acaso tan desnaturalizado?

—Jean —dijo entonces Mademoiselle. Marthe— vuestra madre, la mía.

Madame Keller había abierto sus brazos, y los dos jóvenes se reunieron sobre su corazón. Si el matrimonio no estaba hecho para ante los hombres, puesto que las circunstancias actuales lo hacían imposible, al menos estaba hecho delante de Dios. No había mas que tomar las últimas disposiciones para partir.

Y, en efecto, aquella misma noche quedó definitivamente decidido que saldríamos de Belzingen, de Prusia y de Alemania, donde la declaración de guerra ponía a los franceses en una situación intolerable.

La cuestión del pleito no podía ya retener a la familia Keller. Por otra parte, no había duda alguna de que su resolución sería indefinidamente retardada, y, por consiguiente, no se podía aguardar.

Por último, se decidió en definitiva lo siguiente Monsieur y Mademoiselle de Lauranay, mi hermana y yo, nos volveríamos a Francia. Respecto a este punto no había duda ninguna, puesto que nosotros éramos franceses.

En cuanto a Madame Keller y su hijo, las conveniencias exigían que permaneciesen en el extranjero todo el tiempo que durase esta guerra abominable. En Francia, hubieran podido encontrar prusianos, en el caso de que nuestro país hubiera sido invadido por los ejércitos aliados. Resolvieron, pues, refugiarse en los Países Bajos, y esperarían allí el término de los acontecimientos. En lo referente a partir juntos, esto no había que decirlo, iríamos en compañía, y no nos separaríamos hasta la frontera francesa.

Convenidos en todo esto, y necesitando hacer algunos preparativos para la marcha, fue fijado ésta para el día 2 de Julio.

CAPÍTULO XI

A partir de este momento, se hizo en la situación de las dos familias una especie de punto de espera. Bocado comido no tiene gusto romo, decimos en Picardía. Monsieur Jean y Mademoiselle. Marthe estaban en la situación de dos esposos que se ven obligados a separarse temporalmente. La parte más peligrosa del viaje, es decir, la travesía de la Alemania, la harían juntos.

Después se separarían hasta el fin de la guerra. No se proveía entonces que aquel fuese el principio de una larga lucha con toda la Europa, lucha prolongada por el Imperio durante una serie de años gloriosos, y que debía terminar con el triunfo y el provecho de los potencias coligadas contra Francia.

En cuanto a mi, yo iba en fin a poderme reunir con mi regimiento, y esperaba llegar a tiempo para que el sargento Natalis Delpierre estuviese en su puesto cuando fuera preciso disparar los fusiles contra los soldados de Prusia o de Austria.

Los preparativos de nuestra marcha debían ser todo lo secretos posible. Importaba mucho no llamar la atención de nadie, sobre todo de los agentes de policía.

Más valía salir de Belzingen sin que nadie se apercibiera, para evitar acaso que entorpeciesen nuestra partida, llevándonos de Herodes a Pilatos.

Yo me las prometía muy felices, pensando que ningún obstáculo vendría a entorpecer nuestra marcha. Pero contaba sin la huéspeda. Vino la huéspeda, y, sin embargo, yo no hubiera querido hospedarla, ni aun por dos florines cada noche, pues se trataba del teniente Frantz.

Ya he dicho anteriormente que la noticia del matrimonio de Monsieur Jean Keller y de Mademoiselle Marthe de Lauranay había sido divulgada, a pesar de todas las precauciones que para evitarlo se tomaron. Sin embargo, no se sabía que, desde la víspera, había sido aplazado para una época más o menos lejana.

De aquí se dedujo que era natural que el teniente pensase que dicho matrimonio iba a ser celebrado muy próximamente, y, en consecuencia, era muy de temer que quisiese llevar a ejecución sus amenazas.

En realidad, Frantz von Grawert no tenía más que una manera de impedir o de retardar este matrimonio. Esta era provocar a Monsieur Jean, conducirlo a un duelo, y herirle o matarle.

Pero ¿sería su odio bastante fuerte para hacerle olvidar su posición y su nacimiento, hasta el punto de condescender a batirse con Monsieur Jean Keller?

Pues bien, en esto podía estar tranquilo, porque, si se decidía a ello, seguramente encontraría la horma de su zapato. Solamente que, en las circunstancias en que nosotros nos hallábamos, en el momento mismo de dejar el territorio prusiano, era preciso temer las consecuencias de un duelo.

Yo no podía menos de estar intranquilo cuando pensaba en esto. Se me había dicho que el teniente no se había calmado lo más minino; así es que continuamente temía de su parta un acto de violencia.

¡Qué desgracia que el regimiento de Lieb no hubiese recibido todavía la orden de salir de Belzingen! El Coronel y su hijo estarían ya lejos, del lado de Coblentza o de Magdeburgo; yo hubiera estado menos inquieto, y mi hermana también, pues ella participaba de mis temores. Diez veces lo menos por día pasaba yo por cerca del cuartel, a fin de ver si en él se preparaba algún movimiento. Al menor indicio hubiera saltado instantáneamente a mi vista. Pero hasta entonces nada indicaba una próxima partida.

Así pasó el día 19, y lo mismo el 30, sin que ocurriera nada de extraordinario.

Yo me conceptuaba feliz de pensar que ya no nos quedaban más que veinticuatro horas de permanencia en aquel lado de la frontera.

Ya he dicho que debíamos viajar todos juntos. Sin embargo, para no despertar sospechas, se convino en que Madame Keller y su hijo no partirían al mismo tiempo que nosotros, sino que nos alcanzarían algunas leguas más allá de Belzingen. Una vez fuera de las provincias prusianas, tendríamos mucho menos que temer de las maniobras de Kallkreuth y sus sabuesos.

Durante aquel día, el teniente pasó varias veces por delante de la casa de Madame Keller. Una de ellas, hasta se detuvo, como si hubiera querido entrar a arreglar sus diferencias con alguien. A través de la celosía lo vi yo sin que él se apercibiese, con los labios apretados, los puños que se abrían y cerraban como mecánicamente; en fin, todos los signos de una irritación llevada hasta el extremo. A decir verdad, abierta tenía la puerta; si hubiese entrado y preguntado por Monsieur Jean Keller, yo no me hubiera quedado sorprendido en manera alguna. Afortunadamente, la habitación de Monsieur Jean tenía sus vistas por la fachada lateral, y no vio nada de estas idas y venidas.

Pero lo que aquel día no hizo el teniente, otros lo hicieron por él.

Hacia las cuatro de la tarda, un soldado del regimiento de Lieb llegó a preguntar por Monsieur Jean Keller.

Éste se encontraba solo conmigo en la casa, y recibió y leyó una carta que el soldado le llevaba.

¡Cuál no fue su cólera cuando acabó de leerla! ¡Aquella carta era lo más insolente y provocativa que podía ser para Monsieur Jean, e injuriosa también para Monsieur de Lauranay! ¡Sí el oficial von Grawert se había rebajado hasta insultar a un hombre de aquella edad!… Al mismo tiempo, ponía en duda el valor de Jean Keller, un semi-francés, que no debía tener más que una semi-bravura. Añadía que, si su rival no era un cobarde, se vería bien pronto en el modo de recibir a dos de los camaradas del teniente, que vendrían a visitarle aquella misma noche.

Para mí, no había duda alguna de que el teniente Frantz no ignoraba ya que Monsieur de Lauranay se preparaba a dejar la ciudad de Belzingen, que Jean Keller debía seguirla, y sacrificaría su orgullo a su pasión, quería impedir esta partida.

Ante una injuria que se dirigía, no solamente a él, sino también a la familia de Lauranay, yo creí que no lograría tranquilizar a Monsieur Jean.

—Natalis —me dijo con voz alterada por la cólera— no partiré sin haber castigado antes a este insolente. No, no saldré de aquí con esta mancha. Es indigno el venir a insultarme en aquello que me es más querido. Yo la haré ver a ese oficial que un semi-francés, como él me llama, no retrocede ante un alemán.

Yo intenté calmar a Monsieur Keller, haciéndola comprender las consecuencias fatales que para todos podría traer un encuentro con el teniente.

Si él lo hería, seguramente habrían de sobrevenir represalias, que nos suscitarían mil embarazos ¿Y si era él el herido? ¿cómo efectuar nuestro viaje?

Monsieur Jean no quiso escuchar nada. En el fondo, yo lo comprendía. La carta del teniente pasaba todos los limites de la insolencia. No; no está permitido entre caballeros escribir semejantes cosas.

¡Ah! ¡Si yo hubiese podido tomar el negocio por mi cuenta!... ¡Qué satisfacción! Encontrar a aquel insolente, provocarle, ponerme enfrente de él, con la espada, con el florete, con la pistola de cañón, con todo lo que él hubiera querido, y batirse hasta que uno de los dos hubiese rodado por el suelo. Y si hubiese sido él, aseguro que yo no hubiera tenido necesidad de un pañuelo de seis cuartos para llorarle.

En fin, puesto que los dos compañeros del teniente estaban anunciados, no había más remedio que esperarlos. Los dos vinieron a eso de las ocho de la noche.

Muy felizmente, Madame Keller se encontraba en aquel momento de visita en casa de Monsieur de Lauranay. Más valía que la pobre no supiese nada de lo que iba a pasar.

Por su porte, mi hermana Irma había salido para arreglar algunas cuentas en casa de varios comerciantes. El hecho, pues, quedaría entre Monsieur Jean y yo.

Los oficiales, que eran dos tenientes, se presentaron con su arrogancia natural y lo cual no me admiró. Quisieron hacer valer el hecho de que un noble, un oficial, cuando consentía en batirse con un simple comerciante...; pero Monsieur Jean les cortó la palabra coa su actitud, y se limitó a decir que estaba a las órdenes de Monsieur Frantz von Grawert. Inútil era añadir nuevos insultos a los que ya contenía la carta de provocación. Ésta le fue devuelta por Monsieur Jean, y bien devuelta.

Los oficiales se vieron, pues, obligados a guardarse su jactancia en el bolsillo.

Uno de ellos hizo entonces observar que convenía arreglar sin tardanza las condiciones del duelo, pues el tiempo urgía.

Monsieur Jean respondió que aceptaba por adelantado todas las condiciones. Solamente pedía que no se mezclase ningún nombre extraño a este asunto, y que el encuentro fuese tenido todo lo más en secreto posible.

A esto, los dos oficiales no hicieron ninguna objeción. Verdaderamente, no tenían lo más mínimo que objetar, puesto que Monsieur Jean les dejaba toda la libertad para elegir las condiciones.

Estábamos ya a 30 de Junio. El duelo fue fijado para el día siguiente, a las nueve de la mañana. Había de tener lugar en un bosquecillo que se encuentra a la izquierda, según se suba por el camino de Belzingen a Magdeburgo. Respecto a este punto, no hubo dificultad alguna.

Los dos adversarios habían de batirse a sable, y no terminaría el lance hasta que uno de ellos quedara fuera de combate.

Todo fue admitido. A todas estas proposiciones, Monsieur Jean no respondió más que con un signo de cabeza afirmativo.

Uno de los oficiales dijo entonces —dando una nueva muestra de insolencia—, que sin duda Monsieur Jean se encontraría a las nueve en punto en el sitio convenido.

A lo cual Monsieur Jean respondió que al Monsieur von Grawert no se hacía esperar más que él, todo podría quedar terminado a las nuevo y cuarto.

Con esta respuesta, los dos oficiales se levantaron, saludaron bastante cortésmente, y salieron de la casa.

—¿Conocéis el manejo del sable? —pregunté yo inmediatamente a Monsieur Jean.

—Sí, Natalis. Ahora ocupémonos de los testigos. Os supongo que seréis uno de ellos.

—Estoy a vuestras órdenes, y me siento orgulloso del honor que me hacéis. En cuanto al otro, no dejaréis de tener en Belzingen algún amigo que no rehusará prestaros este servicio.

—Sí; pero prefiero dirigirme a Monsieur de Lauranay, el cual estoy seguro que no rehusará.

—Ciertamente que no.

—Lo que es preciso evitar, sobre todo, Natalis, es que mi madre, Marthe y vuestra hermana tengan ninguna noticia de esto. Es inútil añadir nuevas inquietudes a las muchas que ya les agobian.

—Irma y vuestra madre volverán bien pronto, Monsieur Jean, y como ya no volverán a salir de la casa hasta mañana, me parece imposible que sepan nada.

—Cuento con ello, Natalis; y como no tenemos tiempo que perder, vamos enseguida a casa de Monsieur de Lauranay.

—Vamos, Monsieur Jean: vuestro honor no podría estar en mejores manos.

Precisamente Irma y Madame Keller, acompañadas de Mademoiselle de Lauranay, entraban en casa en el momento en que nosotros nos disponíamos a salir. Monsieur Jean dijo a su madre que un asunto nos detendría fuera de casa una hora poco más o menos, añadiendo que se trataba de terminar el ajuste de los caballos necesarios para el viaje, y que la rogaba que acompañase luego a su casa a Mademoiselle Marthe, en el caso de que nosotros tardáramos en volver.

Madame Keller y mi hermana no sospecharon absolutamente nada; pero Mademoiselle de Lauranay había arrojado una mirada inquieta sobre Monsieur Jean.

Diez Un minutos más tarde llegábamos a casa de Monsieur de Lauranay. Estaba solo; por consiguiente le podíamos hablar con entera libertad.

Monsieur Jean lo puso al corriente de todo y le enseñó la carta del teniente von Grawert. Monsieur de Lauranay se llenó de indignación al leerla. ¡No! Jean no debía quedar bajo el golpe de semejante insulto; seguramente podía contar con él. Monsieur de Lauranay quiso entonces ir en casa de Madame Keller para traerse a su nieta a su casa.

Salimos los tres juntos. Conforme bajábamos por la calle, el agente de Kallkreuth se cruzó con nosotros, y lanzó sobre mí una mirada que me pareció muy singular. Como venía del lado de la casa de Madame Keller, tuve como un presentimiento de que el bribón se regocijaba de habernos hecho alguna mala partida.

Madame Keller, Mademoiselle Marthe y mi hermana estaban sentadas en la sala del piso bajo. Cuando entramos, parecía que se hallaban sobresaltadas. ¿Sabrían quizá alguna cosa?

—Jean —dijo Madame Keller—; toma esta carta que el agente de Kallkreuth acaba de traer para ti.

Aquella carta llevaba el sello de la Administración militar.

Contenía lo siguiente:

«Todos los jóvenes de origen prusiano son llamados al servicio de las armas. El nombrado Jean Keller es incorporado al regimiento de Lieb, de guarnición en Belzingen, al cual deberá incorporarse el 1.º de Julio, antes de las once de la mañana».

CAPÍTULO XII

¡Qué golpe! ¡Una medida general de incorporación, tomada por el gobierno prusiano! Jean Keller, que todavía no había cumplido veinticinco años, estaba comprendido en la inscripción, viéndose obligado a partir, a marchar, con los enemigos de Francia, sin que hubiese ningún medio de sustraerse a tal obligación.

Por otra parte, ¿no hubiera faltado a su deber? Él era prusiano, y pensar en desertar… ¡Eso no; jamás! Pensar en semejante cosa era imposible.

Además, para colmo de desgracias, Monsieur Jean iba precisamente a servir en el regimiento de Lieb, mandado por el coronel von Grawert, padre del teniente Frantz, su rival, y desde aquel día su superior.

¿Qué más hubiera podido hacer la mala suerte para agobiar á la familia Keller, y con ella a todos los que lo tocaban de cerca?

Verdaderamente, era una fortuna que el matrimonio no se hubiese verificado. ¡Qué desgracia tan grande hubiera sido para Monsieur Jean!, casado de la víspera, el verse obligado a reunirse con su regimiento para ir a combatir contra los compatriotas de su mujer.

Todos quedamos agobiados y silenciosos. Abundantes lágrimas corrían de los ojos de Mademoiselle Marthe y de mi hermana Irma. Madame Keller no lloraba. Su excitación era tan grande, que no hubiera podido. Su inmovilidad era la de una muerta. Monsieur Jean, con los brazos cruzados, volvía la vista enrededor suyo, irguiéndose contra su mala suerte. Yo estaba fuera de mí, y pensaba:

—Pero estas gentes que nos hacen tanto daño ¿no lo pagarán un día u otro?

Entonces Monsieur Jean dijo:

—Amigos míos: no modifiquéis en nada vuestros proyectos. Mañana debíais partir para Francia, partid; no os detengáis; no permanezcáis una hora más en este país, Mi madre y yo pensábamos retirarnos a cualquier rincón de Europa, fuera de Alemania; pero hoy ya no es posible. Natalis, vos conduciréis a vuestra hermana a vuestro país.

—Jean, yo continuaré en Belzingen —respondió Irma—. No abandonará a vuestra madre.

—No podéis hacer eso.

—Nosotros nos quedaremos también, —exclamó Mademoiselle Marthe.

—No —dijo Madame Keller, que acababa de levantarse—; partid todos. Que me quede yo, bien, puesto que no tengo nada que temer de los prusianos. ¿No soy yo alemana, por ventura?

Y al decir esto, se dirigió hacia la puerta como si su contacto hubiera podido mancharnos.

—¡Madre mía! —exclamó Monsieur Jean, lanzándose hacia ella.

—¿Qué quieres, hijo mío?

—Quiero —respondió Jean—, quiero que tú también partas, quiero que los sigas a Francia, ¡a tú país! Yo…, yo soy soldado; mi regimiento pueda ser destinado a otro punto cualquier día; entonces te quedarías aquí sola, completamente sola, y no quiero que esto suceda.

—Me quedaré, hijo mío; me quedaré, puesto que tú no puedes acompañarme.

—¿Y cuando yo salga de Belzingen? —replicó Monsieur Jean, que había cogido a su madre por el brazo.

—Entonces te seguiré, Jean.

Esta respuesta fue dada con un tono tan resuelto, que Monsieur Jean la miró en silencio. No era aquel el instante de discutir con Madame Keller. Más tarde, acaso mañana, podría hablar con ella y podría conducirla a una apreciación más justa de las circunstancias. ¿Es que una mujer podía acompañar a un ejército en marcha? ¿A qué peligros no se vería expuesta? Pero, lo repito, era preciso no contradecirla en aquel momento; ella reflexionaría y se dejaría persuadir.

Después, bajo el golpe de una emoción tan violenta, nos separamos todos.

Madame Keller, ni siquiera había abrazado a Mademoiselle Marthe, a la cual una hora antes llamaba su hija.

Yo me fui triste a mi pequeña habitación, pero no me acosté: ¿cómo hubiera podido dormirme? No pensaba en el momento de nuestra partida, y, sin embargo, era preciso que se efectuase en la fecha convenida. Todos mis pensamientos eran para Jean Keller incorporado al regimiento de Lieb, y acaso bajo las órdenes del teniente Frantz. ¡Qué escenas tan violentas se presentaban a mi imaginación! ¿Cómo podría soportarlas Monsieur Jean de parte de aquel oficial? Y, sin embargo, no tendría más remedio; seria un soldado, y no podría decir una palabra ni hacer un gesto. La terrible disciplina prusiana pasaría sobre él; esto era horrible.

—¿Soldado? No; todavía no lo es —me decía yo a mi mismo—; no lo será hasta mañana, hasta que haya ocupado su puesto en las filas; hasta entonces se pertenece a si mismo.

De esta manera razonaba yo; mejor dicho, divagaba. Ideas como estas pasaban en tropel por mi cerebro, me veía obligado a pensar sin querer en todas estas cosas.

—Si —me repetía sin cesar—; mañana a las once, cuando haya ingresado en su regimiento, será soldado; hasta entonces tiene el derecho de batirse con el teniente Frantz. Y le matará; es preciso que le mate; de lo contrario, más tarde este oficial encontrará demasiadas ocasiones para vengarse.

¡Qué noche pasé! No, no se la deseo semejante a mi peor enemigo.

Hacia las tres de la madrugada me arroje completamente vestido en el lecho. A las cinco estaba ya levantado, y me dirigí sin hacer ruido a observar cerca de la puerta de la habitación de Monsieur Jean.

También él estaba levantado. Entonces contuve mi respiración y apliqué el oído.

Creí escuchar que Monsieur Jean escribía sin duda algunas últimas disposiciones para el caso ha que el encuentro lo fuese fatal. De vez en cuando daba dos o tres paseos por la habitación; después volvía a sentirse, y la pluma volvía a arañar sobre el papel. No se oía ningún otro ruido en la casa.

No quise incomodar a Monsieur Jean, y me retiré mi habitación, y hacia las seis salí a la calle.

La noticia del alistamiento se había esparcido por todas partes, produciendo un efecto extraordinario. Esta medida alcanzaba a casi todos los jóvenes de la población, y, debo decirlo, según yo observó, la medida fue recibida con gran disgusto por todo el mundo. En realidad era muy dura; pues las familias no estaban preparados para ella de ninguna manera. Nadie la esperaba. En el término de algunas horas era preciso partir con la mochila a la espalda y el fusil sobre el hombro.

Yo di mil vueltas alrededor de la casa. Se había convenido que Monsieur Jean y yo iríamos a buscar a Monsieur de Lauranay a las ocho, para dirigimos el punto de cita. Si Monsieur de Lauranay hubiese venido a buscarnos, acaso hubiese podido despertar sospechas.

Yo esperé hasta las siete y media. Monsieur Jean no había bajado todavía.

Por su parte, Madame Keller no había parecido por el salón de la planta baja.

En este momento vino Irma a buscarme.

—¿Qué hace Monsieur Jean? —la pregunté.

—No lo he visto —me respondió—; y, sin embargo, no debe de haber salido. Tal ves no haréis mal en averiguar algo.

—Es inútil, Irma, lo he oído ir y venir por su habitación.

Entonces hablamos, no de duelo, pues mi hermana debía ignorarlo también, sino de la situación tan grave que la medida de incorporación venía a crear a Monsieur Jean Keller. Irma estaba desesperada; y el pensar que tenía que separarse de su señora en tales circunstancias lo oprimía el corazón.

En aquel momento se sintió un ligero ruido en el piso superior. Mi hermana entró, y volvió a decirme que Monsieur Jean estaba al lado de su madre. Yo me figuré que habría querido darle un beso, como todas las mañanas.

En su interior, era acaso el último adiós, un último beso que quería darlo.

Hacia las ocho se lo sintió bajar por la escalera.

Monsieur Jean se dejó ver en el umbral de la puerta.

Irma acababa de salir.

Monsieur Jean se llegó hasta mi y me tendió la mano.

—Monsieur Jean —le dije—; ya son las ocho, y debemos estar a las nueve…

No hizo más que un signo de cabeza, como si la hubiera costado trabajo responder.

Ya era tiempo de ir a buscar a Monsieur de Lauranay.

Seguimos la calle arriba, y apenas habíamos andado trescientos pasos, cuando un soldado del regimiento de Lieb se paró enfrente de Monsieur Jean.

—¿Sois vos Jean Keller? —dijo.

—¡Sí!

—Tened, para vos.

Y la presentó una carta.

—¿Quién os envía? —pregunté.

—El teniente von Melhis.

Éste era uno de los testigos del teniente Frantz. Sin saber por qué, un temblor recorrió todo mi cuerpo. Monsieur Jean abrió la carta.

Decía lo siguiente:

Por consecuencia de nuevas circunstancias, un duelo es ya imposible entre el teniente Frantz von Grawert y el soldado Jean Keller.

R.G. VON MELHIS

Toda mi sangre se agolpó a mi cabeza. Un oficial no podía batirse con un soldado; ¡sea! Pero Jean Keller no era soldado todavía. Aún se pertenecía por algunas horas.

¡Dios de Dios!… a mí me parece que un oficial francés no se hubiera conducido de esta suerte, Hubiera dado una satisfacción al hombre que había ofendido o insultado mortalmente. Con toda seguridad hubiera acudido al terreno. Pero… no quiero hablar más de esto, porque… diría más de lo que debo. Y, sin embargo, reflexionándolo bien, este duelo, ¿era posible?

Monsieur Jean había desgarrado la carta, y la había arrojado al suelo con un gesto de desprecio, y de sus labios no se escapó más que esta palabra.

—¡Miserable!…

Después me hizo un signo de que la siguiera, y nos volvimos lentamente a nuestra casa.

La cólera me ahogaba hasta tal punto, que me vi obligado a permanecer fuera. Hasta me marché lejos, sin saber de qué lado me dirigía. Estas complicaciones que nos reservaba el porvenir eran una obsesión de mi cerebro. De lo único de que me acordaba era de que debía ir a prevenir a Monsieur de Lauranay que el duelo no se verificaría.

Preciso es creer que yo había perdido la noción del tiempo, pues me parecía que acababa de separarme de Monsieur Jean, cuando, a eso de las diez me encontré enfrente de la casa de madame Keller.

Monsieur y Mademoiselle de Lauranay se encontraban allí. Monsieur Jean se preparaba a dejarlos.

Paso por alto la escena que siguió. Yo no tendría la pluma que se necesita para contar estos detalles. Me contentaré con decir que Madame Keller procuró mostrarse muy enérgica, no queriendo dar a su hijo el ejemplo de la debilidad.

Por su parte, Monsieur Jean fue bastante dueño de si mismo para no abandonarse a la desesperación en presencia de su madre y de Mademoiselle de Lauranay.

En el momento de separarse, Mademoiselle Marthe y él se arrojaron por última vez en los brazos de Madame Keller. Después…, la puerta de la casa se cerró.

Monsieur Jean había partido, convertido en soldado prusiano. ¿Llegaríamos algún día a volverle a ver?

Aquella misma noche, el regimiento de Lieb recibía orden de dirigirse a Borna, pequeña población a pocas leguas dé Belzingen, casi en la frontera del distrito de Postdam.

Yo dirá ahora que, a pesar de todas las razones que pudiese hacer valer Monsieur de Lauranay, a pesar de todas nuestras instancias, Madame Keller persistió en la idea de seguir a su hijo. El regimiento iba a Borna; pues ella iría a Borna también. Acerca de esto, ni el mismo Monsieur Jean había podido obtener nada de ella.

En cuanto a nosotros, nuestra partida debía efectuarse al dio siguiente. ¡Qué escena tan desgarradora me esperaba cuando llegase el momento de que mi hermana tuviese que decir adiós a Madame Keller! Irma hubiera querido permanecer en Belzingen y acompañar a su señora por todas partes por donde ésta se encontrase obligada a ir.

Y yo…, yo no hubiera tenido la fuerza suficiente para llevármela conmigo a pesar suyo. Pero Madame Keller rehusó tenazmente, y mi hermana debió someterse.

Al llegar la tarde, nuestros preparativos habían terminado, y todos nos hallábamos dispuestos.

Hacía las cinco, poco más o menos, Monsieur de Lauranay recibió la visita de Kallkreuth en persona.

El director de policía de Belzingen la notificó que sus proyectos de partida eran conocidos, y que se veía en la necesidad de darle orden de suspenderlos por el momento al menos. Era preciso esperar las medidas que el gobierno creyese conveniente tomar con relación a los franceses que actualmente residían en Prusia. Hasta entonces, Kallkreuth no podía expedir pasaportes, sin cuyo documento todo viaje era por completo imposible.

En cuanto al nombrado Natalis Delpierre, éste ya era otra cosa. Yo…, como si dijéramos, cogido en la red. Parece que el hermano de Irma había sido denunciado, presentándole culpable del delito de espionaje, y Kallkreuth, que, por otra parte, no deseaba otra cosa que considerarle como espía, se preparaba a tratarle en consecuencia. Después de todo, ¿se habría sabido quizá que pertenecía al regimiento Real de Picardía? Para asegurar el triunfo de los imperiales, importaba mucho, sin duda, que hubiese un soldado menos en el ejército francés. En tiempo de guerra, cuanto más se disminuyen las fuerzas del enemigo, tanto mejor.

En consecuencia, aquel día fui reducido a prisión a pesar de las súplicas de mi hermana y de Madame Keller, y después conducido de jornada en jornada hasta Postdam, y allí, finalmente, encerrado en la ciudadela.

La rabia que se apoderó de mi no tengo necesidad de decirlo. ¡Separado de todas los personas a quienes yo quería! ¡No poder escaparme para ocupar mi puesto en la frontera en el momento en que iban a dispararse los primeros tiros!

Pero, en fin, ¿a qué conduce extenderse mucho acerca de esto? Haré observar solamente que no se me interrogó, que se me declaró incomunicado, que no pude hablar con nadie, que durante seis semanas no tuve ninguna noticia del exterior. Pero el relato de mi cautividad me llevaría demasiado lejos. Mis amigos de Grattepanche esperarán con más gusto a que en otro ocasión se los cuente con más detalles. Que se contenten, por el momento, con sabor que el tiempo me pareció muy largo, y que las horas transcurrían lentas como el humo en Mayo. Sin embargo, según parece, yo debía darme por muy satisfecho con que no se me juzgara, pues «mi asunto era muy claro», según había dicho Kallkreuth… Pero con tales augurios, ya me iba temiendo que había de estar prisionero hasta el fin de la campaña.

No ocurrió así, sin embargo. Mes y medio después, el 15 de Agosto, el comandante de la ciudadela me ponía en libertad, y se me conducía de nuevo a Belzingen, sin haber tenido quiera la atención de indicarme cuáles eran los hechos que habían motivado mi prisión.

La felicidad que experimenté cuando volví a ver a Madame Keller, a mi hermana y a monsieur y Mademoiselle de Lauranay, que no habían podido salir de Belzingen, se comprenderá perfectamente, para que yo tenga necesidad de explicarla.

Como el regimiento de Lieb no había salido todavía de Borna, Madame Keller había permanecido en Belzingen. Monsieur Jean escribía algunas veces, indudablemente todas las que podía; y a pesar de la reserva de sus cartas, se comprendía perfectamente todo lo horrible de su situación.

Sin embargo: si bien se me había devuelto la libertad, no se me dejaba libre para permanecer en Prusia, de lo cual podéis creer con toda certeza que no pensé en quejarme.

En efecto: el gobierno había dado un decreto expulsando a los franceses del territorio prusiano. En lo que a nosotros concernía, teníamos veinticuatro horas para salir de Belzingen y veinte días para abandonar la Alemania.

Quince días antes había aparecido el manifiesto de Brunswick, que amenazaba a Francia con la invasión de los coligados.

CAPÍTULO XIII

No teníamos ni un solo día que perder. A contrario, teníamos que recorrer ciento cincuenta leguas antes de llegar a la frontera; ciento cincuenta leguas a través de un país enemigo, por caminos interceptados por regimientos en marcha, de caballería y de infantería, sin contar la impedimenta que sigue siempre a un ejército en campaña a pesar de que nos habíamos asegurado de tener medios de transporte, podía muy bien suceder que nos faltasen durante el camino; pues si esto sucedía, nos veríamos en la precisión de caminar a pie.

En todo caso, era preciso contar con las fatigas de un viaje tan largo. ¿Teníamos la seguridad de encontrar posadas en los sitios en que las necesitásemos para tomar reposo? No, evidentemente. Solo yo, no me hubiera encontrado apurado para marchar adelante, acostumbrado como estaba ya a las grandes caminatas, a las privaciones, habituado a asombrar a los más grandes andarines. Pero con Monsieur de Lauranay, un anciano de setenta años, y con dos mujeres, Mademoiselle Marthe y mi hermana, era pedir lo imposible.

En fin, yo haría todo lo posible, más de lo que estuviese de mi parte, para conducirlos sanos y salvos a Francia, y estaba seguro de que cada cual haría también todo lo que de si dependiese.

Por consiguiente, ya lo ha dicho; no teníamos tiempo de sobra. Por otra parte, la policía iba a estar siempre sobre nuestros talones. Veinticuatro horas para salir de Belzingen; veinte días para evacuar el territorio alemán; esto debía bastarnos, si no nos deteníamos en el campo.

Los pasaportes que Kallkreuth nos entregó aquella misma noche no serían válidos sino por aquel período de tiempo. Espirado este plazo, podríamos ser arrestados y detenidos hasta el fin de la guerra. En los mismos pasaportes se nos marcaba un itinerario, del cual no podríamos separarnos, pues estaba terminantemente prohibido; y era preciso que fuesen visados en las ciudades o poblaciones indicadas en las etapas.

Además, era probable que los sucesos se desarrollasen con una extrema rapidez.

Acaso la metralla y las balas se estaban cambiando en aquellos momentos en la frontera manifiesto del duque de Brunswick, la nación, por boca de sus diputados, había respondido como era conveniente; y el presidente de la Asamblea legislativa acababa de lanzar a la luz de Francia estas resonantes palabras:

«La patria está en peligro».

El 16 de Agosto, a las primeras horas de mañana, nos encontrábamos ya dispuestos partir. Todos los asuntos estaban arreglados. La habitación de Monsieur de Lauranay debía quedar al cuidado de un viejo sirviente, suizo de origen, que estaba a su servicio desde hacía largos años, y con cuyo interés y lealtad se podía contar. Era seguro que aquel buen hombre pondría todo su cuidado y todas sus fuerzas en hacer respetar la propiedad de su señor.

En cuanto a la casa de Madame Keller, entretanto que se presentaba comprador, continuaría estando habitada por la criada, que era de nacionalidad Prusiana.

En la mañana de aquel mismo día supimos que el regimiento de Lieb acababa de salir de Borna, y se dirigía hacia Magdeburgo.

Monsieur de Lauranay, Mademoiselle Marthe, mi hermana y yo, hicimos una última tentativa para decidir a Madame Keller a que nos siguiera.

—No, amigos míos; no insistáis —respondió—. Hoy mismo emprenderé el camino de Magdeburgo. Tengo el presentimiento de alguna gran desgracia, y quiero estar al lado de mi hijo, o por lo menos cerca de él.

Entonces comprendimos que todos nuestros esfuerzos serían en vano, y que nuestras súplicas y nuestras intenciones se estrellarían contra una determinación de la cual no se volvería atrás Madame Keller.

No nos quedaba más remedio que decirle adiós, después de haberla indicado las ciudades y aldeas en que la policía nos obligaba a detenernos.

El viaje se había de efectuar en las siguientes condiciones:

Monsieur de Lauranay poseía una vieja silla de posta, de la cual no se servía. Este carruaje me había parecido muy a propósito para recorrer aquel trayecto de ciento cincuenta leguas, que nos veíamos obligados a franquear.

En tiempos ordinarios es fácil viajar, encontrando siempre caballos de relevo en las estaciones de todos los caminos de la confederación. Pero a consecuencia de la guerra, como se hacia por todas partes requisa de ellos para el servicio del ejército, el transporte de municiones y de víveres, hubiera sido imprudente contar con los relevos regularmente establecidos.

Así, a fin de obviar este inconveniente, habíamos decidido proceder de otro modo. Yo fui encargado por Monsieur de Lauranay de procurarme dos buenos caballos, sin mirar el precio. Como yo era en esto inteligente, cumplí perfectamente esta comisión. Encontré dos bestias, un poco pesadas acaso, pero de gran corpulencia y vigor. Después, comprendiendo también que seria necesario posarse sin postillones, me ofrecí para llenar este vacío, lo que fue naturalmente aceptado. Y ya comprenderéis que no había de ser a un jinete del Real de Picardía a quien se le hubiese de reprender por no saber guiar un carruaje.

El 16 de Agosto, a las ocho de la mañana, nos hallábamos dispuestos a partir. Yo no tenía más que subir a mi asiento. En cuanto a armas, poseíamos un buen par de pistolas de arzón, con las cuales se podría imponer respeto a los merodeadores; Y respecto a provisiones, llevábamos en nuestras maletas lo suficiente para las necesidades de los primeros días habíamos convenido en que Monsieur y Mademoiselle de Lauranay ocuparían el fondo de la berlina, y que mi hermana iría en el lado opuesto, enfrente de Mademoiselle Marthe. Yo, vestido con un traje a propósito, y pertrechado de una buena tralla, podría desafiar el mal tiempo.

Por fin, se hicieron las últimas despedidas. Abrazamos todos a Madame Keller, con este triste presentimiento, que nos oprimía el corazón: ¿nos volveremos a ver?

El tiempo era bastante bueno pero el calor sería probablemente muy fuerte hacia el medio del día. Por consiguiente, el momento que yo pensaba a elegir para dar descanso a mis caballos, era entre mediodía y las dos de la tarde; reposo que sería indispensable, si se quería que pudiesen hacer buenas jornadas.

Partimos al fin; y al mismo tiempo que silbaba para excitar a mis caballos, desgarraba el aire con los restallidos de mi tralla.

Al otro lado de Belzingen pasamos, sin que nos molestara mucho lo interceptados que se hallaban los caminos, entre cientos de carruajes que seguían al ejército que marchaba hacia Coblentza.

No hay mucho más de dos leguas de Belzingen a Borna, y, por consiguiente, en menos de una hora llegamos a esta pequeña localidad.

Allí era donde el regimiento de Lieb había estado de guarnición durante algunas semanas. Desde aquel punto se había dirigido a Magdeburgo, adonde Madame Keller quería también dirigirse.

Mademoiselle Marthe experimentó una viva emoción al atravesar las calles de Borna. Se representaba a Monsieur Jean bajo las órdenes del teniente Frantz, siguiendo el mismo camino que nuestro itinerario nos obligaba a dejar en aquel punto para tomar el camino del Suroeste.

No quise detenerme en Borna, esperando hacerlo cuatro leguas más adelante, hacia la frontera que marca actualmente los limites de la provincia de Brandeburgo, pues en aquella época, según las antiguas divisiones del territorio alemán, era por los caminos de la Alta Sajonia por donde habíamos de ir.

Las doce serian próximamente cuando llegamos a aquel punto de la frontera. Algunos destacamentos de caballería vivaqueaban por una y otra parte. Una especie de ventorrillo aislado estaba abierto frente al camino. Allí pude dar un poco de forraje a mis caballos.

En este sitio permanecimos tres horas largas durante este primer día de viaje me parecía prudente no fatigar demasiado las bestias, a fin de no inutilizarlas, dándoles demasiado trabajo desde el principio.

En el mismo punto fue necesario revisar nuestros pasaportes. Nuestra cualidad de franceses nos valió algunas miradas escudriñadoras. Pero no importaba; los llevábamos en regla. Por otra parte, puesto que se nos arrojaba de Alemania, puesto que teníamos la orden de abandonar el territorio en un plazo fijo, lo menos que se nos podía conceder era no detenernos en nuestro viaje.

Nuestro designio era pasar la noche en Zorbst. Había sido decidido desde el principio que, salvo en las circunstancias excepcionales, no viajaríamos más que de día. Los caminos no parecían bastante seguros para que fuese prudente aventurarse por ellos en medio de la obscuridad. El país estaba recorrido constantemente por muchos vagabundos, y era preciso tener prudencia para no exponerse a un mal encuentro.

Debo advertir que en aquellos países que se aproximan al Norte, la noche es muy corta en el mes de Agosto; el sol sale antes de las tres de la mañana, y no se oculta hasta después de las nueve de la noche.

El descanso, pues, no había de ser mas quizás de algunas horas; el tiempo justo para que descansaran nuestras caballerías y aun nosotros mismos. Cuando fuese necesario hacer una jornada extraordinaria, se batía.

Desde el punto de la frontera en que nos habíamos detenido con la berlina hacia mediodía hasta Zorbst, hay unas siete u ocho leguas sin más. Podíamos, pues, recorrer esta distancia entro las tres y las ocho de la tarde.

Sin embargo, yo comprendí perfectamente que había que contar con los inconvenientes, los retrasos que surgieren más de una vez.

Aquel día, en el camino, tuvimos que habérnoslas con un requisador de caballos, un hombre alto, seco, escuálido como un Viernes Santo, hablador como un chalán, que quería absolutamente incluir en la requisa nuestros caballos. Era, según decía, para el servicio del Estado. ¡Bribón!.. Yo me imaginé al punto que el Estado era él, como dijo Luis XIV, y que requisaba por su cuenta.

Pero… ¡Un minuto! aun cuando así fuese, estaba obligado a respetar nuestros pasaportes y la firma del director de policía a pesar de todo, perdimos una hora larga en batallar con aquel tunante. Por fin: la berlina volvió a emprender su marcha, y puse los caballos al trote para recuperar el tiempo perdido.

Nos encontrábamos entonces en el territorio que ha formado después el principado de Anhalt. Los caminos estaban por allí más expeditos, porque el grueso del ejército prusiano marchaba hacia el Norte, en dirección de Magdeburgo.

No sufrimos, por consiguiente, ningún impedimento para llegar a Zerbst, especie de caserío de poca importancia, casi totalmente desprovisto de recursos, a cuyo punto llegamos a eso de las nuevo de la noche. Se veía que los merodeadores habían pasado por allí, y que no se preocupaban mucho de vivir sobre el país. Por muy exigente que se sea, no es serio mucho el pretender una habitación, un albergue para pasar la noche. Pues para encontrar este albergue entre todas aquellas casas cerradas por prudencia, hubimos de pasar grandes apuros y fatigas. Vi próximo el momento en que nos quedábamos a dormir al raso, en la berlina. Por nosotros no había gran inconveniente; pero ¿y los caballos? ¿No les era necesario forraje y agua? Yo pensaba en ellos antes que todo, y gemía ante la idea de que pudiesen faltarnos durante el camino.

Me proponía, pues, continuar a fin de llegar a otro punto a propósito para hacer alto, Acken, por ejemplo, a tres leguas y media de Zerbst en el Sudoeste. Podíamos llegar allí antes de media noche, a condición de no volver a emprender la marcha hasta las diez de la mañana del día siguiente, a fin de no quitar ningún momento de reposo a las caballerías.

Sin embargo, Monsieur de Lauranay me hizo entonces observar que tendríamos que franquear el Elba, que el paso se efectuaba en una barca, y que esta operación valía más efectuarla de día.

Monsieur de Lauranay no se engañaba; debíamos encontrar el Elba antes de llegar a Acken. Era fácil, pues, que tuviéramos allí algunas dificultades.

Me es preciso, para no olvidarlo, mencionar lo siguiente: Monsieur de Lauranay conocía bien el territorio alemán desde Belzingen hasta la frontera francesa. Durante varios años, cuando vivía su hijo, había recorrido este camino en todas las estaciones, y se orientaba en él fácilmente, consultando su mapa. En cuanto a mi, aquella era solamente la segunda vez que le recorría. Monsieur de Lauranay debía, pues, ser un guía muy seguro, y era muy prudente confiarse por completo a él.

En fin, a fuerza de buscar en Zerbst, con la bolsa en la mano, acabó por encontrar cuadra y forraje para nuestros caballos, y para nosotros alimento y habitación, pues siempre que encontrábamos comestibles los comprábamos, a fin de economizar los que llevábamos de reserva en la berlina.

Así pasamos la noche mejor aún de lo que pensábamos y de lo que podíamos esperar de aquel miserable caserío de Zerbst.

CAPÍTULO XIV

Un poco antes de llegar a Zerbst, nuestra berlina había rodado por el territorio que forma el principado de Anhalt y de sus tres ducados. Al día siguiente debíamos atravesarlo de Norte a Sur, a fin de llegar a la pequeña ciudad de Acken, lo cual nos aproximaría bastante al territorio de Sajonia y al actual distrito de Magdeburgo. Después, el Anhalt reaparecería otra vez., cuando tomáramos la dirección de Bernsburgo, capital del ducado de este nombre. Desde allí entraríamos por tercera vez en Sajonia, a través del distrito de Merseburgo. Tal era por aquellos tiempos la Confederación Germánica, con sus cientos de pequeños Estados o territorios, que el ogro del pequeño Pulgarin hubiera podido franquear de un salto.

Como se comprende, yo digo estás cosas por habérselas oído a Monsieur de Lauranay. Este me enseñaba su mapa, y con el dedo me indicaba la situación de las provincias, la topografía de las principales ciudades, y la dirección del curso de los ríos. En el regimiento, no hubiera podido estudiar un curso de geografía. Esto, suponiendo que yo hubiera sabido leer.

¡Ah! ¡mi pobre alfabeto, tan bruscamente interrumpido en el momento en que comenzaba a unir las vocales y las consonantes! ¡Y fui buen profesor, Monsieur Jean, que en aquel instante caminaba con la mochila a la espalda, comprendido en aquella especie de leva que se había llevado toda la juventud de las escuelas y el comercio!

Pero, en fin, no nos apesadumbremos demasiado con esto cosas, y emprendamos de nuevo nuestro camino.

Desde la víspera por la noche, el tiempo era caluroso, de tempestad; el cielo parecía de un color mala con pequeños trozos de azul entre las nubes, pero tan pequeños, que, como se dice en mi tierra, apenas habría bastante para unos pantalones de gendarme. Aquel día arreé mis caballos, pues importaba mucho llegar antes de la noche a Bernsburgo, para lo cual era preciso hacer una jornada de una docena de leguas. La cosa no era imposible, a condición, sin embargo, de que el cielo no viniese a Interrumpir nuestra marcha, o que no se presentase ningún otro obstáculo.

Pero precisamente estaba allí el Elba, que nos detenía en el camino, y, a la verdad, yo tenía miedo de que esta detención fuese más larga de lo que era de desear.

Habiendo salido de Zarbat a la seis de la mañana, habíamos llegado dos horas después a la ribera derecha del Elba, un río bastante hermoso, ancho ya por aquellos parajes, y encajonado entre altas orillas, erizadas de millares y millares de cañas.

Felizmente la suerte nos fue propicia en este punto. La barca para carruajes y viajeros se encontraba en la orilla derecha del río, y como Monsieur de Lauranay no escatimó ni los florines ni ninguna otra clase de moneda, el batelero no nos hizo esperar. En un cuarto de hora la berlina y los caballos estuvieron embarcados.

La travesía se efectuó sin ningún accidente desagradable. Si nos ocurría lo mismo en las demás corrientes de agua, no tendríamos motivo para quejarnos.

Estábamos ya en la pequeña ciudad de Acken, que la berlina atravesó sin detenerse, para tomar la dirección de Bernsburgo.

Yo marchaba muy a gusto. Como se comprenderá fácilmente, los caminos no eran entonces lo que son hoy. Parecían estrechas cintas apenas tratadas sobre un suelo desigual, más bien hechas por las ruedas de los carruajes que por la mano de los hombres.

Durante la estación de las lluvias debían ponerse impracticables, y aun en el verano mismo dejaban mucho que desear. Pero en aquella ocasión era preciso no hacerse el santo descontentadizo.

Se caminó durante toda la mañana, sin dificultad alguna. Sin embargo, hacia mediodía, felizmente mientras que hacíamos alto, se nos adelantó un regimiento de caballería austriaco Entonces fue la vez primera que yo vi aquella clase de tropas, que parecían una especie de bárbaros. Iban galopando a todo brida, y entro los torbellinos de las nubes da polvo que levantaban y que se clavaban hasta el cielo, se divisaban los reflejos rojos de sus capas y la mancha negruzca de los gorros de piel de carnero con que cubrían la cabeza aquellos salvajes.

Buena suerte tuvimos en encontrarnos en aquellos momentos guarecidos a un lado del camino, y el abrigo de los árboles de un bosquecillo próximo, en el cual yo había escondido el carruaje.

De este modo no fuimos vistos; pues, de lo contrario, con semejantes gentes, Dios sabe lo que hubiera podido sucedernos. Por de pronto, una vez nuestros caballos hubieran convenido a aquellos soldadotes, y nuestra berlina a sus jefes u oficiales. Seguramente, si nos hubiésemos encontrado a su paso, en medio del camino, no hubieran esperado que se los dejase el campo libre; nos hubiesen barrido.

Hacia las cuatro de la tarde señalé a Monsieur de Lauranay un punto bastante elevado que dominaba la llanura, a una legua larga, en la dirección del Oeste.

—Aquello debe ser el castillo de Bernsburgo, —me respondió.

En efecto, aquel castillo, situado en lo más alto de una colina, se deja apercibir de bastante lejos.

Yo di prisa a los caballos. Una media hora después atravesábamos Bernsburgo, donde nuestros pasaportes fueron de nuevo revisados. Después, muy fatigados de aquella jornada tan accidentada, habiendo atravesado también en una barca el río Saale, que debíamos atravesar todavía otra vez, entramos en Alstleben, hacia las diez de la noche. Esta noche la pasamos bastante bien. Estábamos alojados en un hotel muy bien dispuesto, en el cual no se encontraban oficiales prusianos, lo que aseguraba nuestra tranquilidad y al día siguiente emprendimos de nuevo nuestra marcha, cuando sonaban las diez de la mañana.

No me detendré a dar detalles de las ciudades, villas y aldeas por donde pasamos. En todos ellos había pocas cosas que ver, de las cuales no nos cuidábamos, puesto que viajábamos, no por nuestro placer, sino como gentes a quienes se expulsa de un país, que ellas abandonan también sin pesar. Lo importante en estas diversas localidades era que no nos aconteciese nada perjudicial, y que pudiésemos pasar todos libremente de una a otra.

En la jornada del día 18, a mediodía, estábamos en Hettstadt. Había sido preciso atravesar el Wipper, río situado no lejos de una explotación de minas de cobre. Hacia las tres de la tarde, la berlina llegaba a Leimbach, en la confluencia del Wipper y del Thalbach. ¡Vaya unos nombres graciosos y fáciles de pronunciar para los soldados del Real de Picardía! Después de haber pasado Mansteld, dominado por una alta colina que un rayo de sol acariciaba en medio de la lluvia que le rodeaba por todas partes, y de haber pisado por Sangerhausen, sobre el Gena, nuestro carruaje rodó a través de un país rico en minas, teniendo los picachos del Harz en el horizonte: y al caer el día, llegamos a Artera, ciudad construida sobre el Unstrüt.

La jornada había sido verdaderamente fatigosa; cerca de quince leguas, durante las cuales no habíamos hecho más que un solo descanso. Yo tuve buen cuidado de que no faltara nada a mis caballos; buen pienso a la llegada; buena cama en la cuadra durante la noche. Verdad es que esto costaba mucho; pero Monsieur de Lauranay no reparaba en algunas monedas de suplemento, y tenía razón. Cuando los caballos no están mal de los pies, los viajeros no corren peligro de encontrarse mal de las piernas.

Al día siguiente, salimos a las ocho de la mañana, no sin haber tenido algunas dificultades con el fondista.

Yo sé bien que no se da nada por nada; pero aseguro que el propietario del hotel de Artera es uno de los más feroces desolladores de viajeros que puedan encontrarse en todo el Imperio germánico.

Durante esta jornada, el tiempo fue detestable, estallando al fin una terrible tempestad. Los relámpagos nos cegaban, los violentos estampidos del trueno asustaban a los caballos, calados por una lluvia torrencial, una de esas lluvias de las cuales se dice en nuestro país picardo que caen curas.

Al día siguiente, 19 de Agosto, el tiempo se presentó de mejor apariencia. Los campos aparecían bañados de rocío, bajo el soplo del aura, que es la primera brisa de la mañana. Nada de lluvia. Un cielo siempre tempestuoso; un calor sofocante. El suelo era montuoso, y mis caballos se fatigaban mucho. Muy pronto, según yo preveía, me vería obligado a darles veinticuatro horas de reposo. Pero antes esperaba yo que hubiéramos podido llegar a Gotha.

El camino atravesaba entonces terrenos bastante bien cultivados, que se extienden hasta Heldmungen, sobre el Schmuke, donde la berlina hizo alto.

En suma, desde hacia cuatro días, que habíamos salido de Belzingen, no habíamos sido muy molestados; así es que yo pensaba:

—Si hubiéramos podido viajar todos juntos, ¡cómo se hubieran apretado en el fondo del carruaje para hacer sitio a Madame Keller y a su hijo!… ¡Pero, en fin!…

Nuestro itinerario cortaba entonces por el territorio que forma el distrito de Erfurth, uno de los tres distritos de la provincia de Sajonia. Los caminos, bastante bien trazados, nos permitieron marchar rápidamente a la verdad, yo me hubiese atrevido a lanzar mis caballos más de prisa, sin el accidente de la rotura de una rueda, que no pudo ser compuesta en Weissensee. Lo fue en Tennstedt, por un carretero poco hábil. Esto no dejó de inquietarme por el resto del viaje.

Si la jornada fue larga aquel día, era porque estábamos sostenidos por la esperanza de llegar aquella misma noche a Gotha. Allí se descansaría, a condición de encontrar una fonda confortable.

No por mi, a Dios gracias, pues, hecho como estoy a cal y canto, yo podía, soportar bien esta y otras pruebas más rudas; pero de Monsieur de Lauranay y su hija, aunque no se quejaban, me parecía que estaban muy fatigados. Mi hermana Irma estaba más animada; ¡pero todos ellos iban tan tristes!

De cinco de la tarde a nueve de la noche recorrimos próximamente unas ocho leguas, después de haber pasado el Schambach y dejado el territorio de Sajonia, para atravesar el de Sajonia-Coburgo.

En fin, a las once, la berlina se detuvo en Gotha. habíamos formado intención de descansara allí veinticuatro horas. Nuestras pobres caballerías habían ganado cumplidamente una noche y un día de reposo. Decididamente, al escogerlas había tenido una mano afortunada. Para esto no hay como ser inteligente en la materia y no reparar en el precio.

Ya he dicho que no habíamos llegado a Gotha hasta las once de la noche. Las formalidades exigidas a las puertas de las poblaciones nos habían producido algunos retrasos. De seguro, si no hubiéramos llevado nuestros papeles en regla, hubiéramos sido detenidos. Agentes civiles, agentes militares, todos desplegaban una excesiva severidad. Podíamos darnos por contentos da que el gobierno prusiano, al pronunciar nuestro decreto de expulsión, nos hubiese proporcionado los medios de poder cumplirlo. Por esto estoy seguro que, si hubiésemos puesto en ejecución nuestro proyecto primero de partir antes de la incorporación de Monsieur Jean al ejército, Kallkreuth no nos hubiera expedido nuestros pasaportes, y no hubiéramos podido llegar jamás a la frontera. Era preciso, pues, dar gracias, a Dios primeramente, y después a S... Monsieur Federico Guillermo, por habernos facilitado nuestro viaje. Sin embargo, no es bueno dar las gracias antes de comer: este es uno de nuestros proverbios picardos, el cual puede creerse que vale tanto como cualquiera otro.

Hay muy buenos hoteles en Gotha. Fácilmente encontré en uno, que se titulaba A las Armas de Prusia, cuatro habitaciones muy aceptables y una buena cuadra para los caballos.

A pesar del disgusto que me producía este retraso, yo comprendía que no había otro medio que resignarse.

Por fortuna, de los veinte días que se nos habían concedido como plazo para hacer nuestro viaje, no habíamos empleado más que cuatro, y estaba ya recorrida muy cerca de la tercera parte del trayecto. Por consiguiente, guardando la misma proporción, debíamos llegar a la frontera de Francia seguramente antes del plazo marcado. Yo no deseaba más que una cosa; a saber: que el regimiento Real de Picardía no disparase sus primeros tiros antes de los últimos días del mes.

Al día siguiente, hacia las ocho, bajó al salón de conversación del hotel, y mi hermana vino a reunirse conmigo.

—¿Y Monsieur de Lauranay y Mademoiselle Marthe? —le pregunté.

—No han salido todavía de sus habitaciones —me respondió Irma—; y es preciso dejarlos tranquilos hasta el almuerzo.

—Comprendido, mi buena Irma; pero tú, ¿dónde vas?

—A ninguna porte, Natalis; pero esta tarde tengo que salir a hacer algunas compras, y a renovar nuestras provisiones. ¡Si me quieres acompañar!...

—Con mucho gusto; a la hora convenida estaré preparado; entretanto, voy a curiosear un poco por las calles.

Y, efectivamente, salí a la aventura. ¿Qué podré deciros de Gotha? No vi gran cosa en la el ciudad. Había en ella muchas tropas de infantería, caballería, artillería y bagajes del ejército. Se escuchaban músicas. Se veía relevar las guardias en sus puestos. A la idea de que todos aquellos soldados marchaban contra Francia, se me oprimía el corazón. ¡Qué dolor me producía el pensar que el suelo de la patria iba a ser, antes de poco, invadido por aquellos extranjeros! ¡Cuántos de nuestros camaradas sucumbirían queriendo defenderla! ¡Sí; era preciso que yo estuviese con ellos para combatir en mi sitio! El sargento Natalis Delpierre no había de ser, no como esos platos de estaño que no se pueden poner al fuego.

Pero, volviendo a Gotha, diré que recorrí algunos barrios y que vi algunas iglesias, cuyos campanarios se perdían en las nubes. Decididamente, se encontraban allí demasiados soldados. Aquella ciudad me producía el efecto de un enorme cuartel.

Volví al hotel a las once, después de haber tenido la precaución de hacer visar nuestros pasaportes, según estaba prevenido; Monsieur de Lauranay estaba todavía en su habitación con Mademoiselle Marthe. La pobre joven no tenía deseo ninguno de salir a ver la ciudad, lo cual se comprende perfectamente.

En efecto, ¿qué hubiera visto? Nada, sino cosas que le hubieran recordado la situación de Monsieur Jean. ¿Dónde estaba entonces? ¿Habría podido Madame Keller reunirse con él, o al menos seguir al regimiento de jornada en jornada? ¿Cómo viajaba esta valerosa mujer? ¿Qué podría hacer ella, si las desgracias que presentía llegaban a realizarse?

¡Y Monsieur Jean, soldado prusiano, marchando contra un país que amaba al cual hubiera defendido con verdadero placer, y por el que hubiese vertido voluntariamente su sangre!

Naturalmente, el almuerzo fue triste. Monsieur de Lauranay había querido que le sirvieran en su habitación, y hacía bien, pues a las Armas de Prusia iban a comer varios oficiales alemanes, y convenía evitar su contacto.

Después del almuerzo, Monsieur y Mademoiselle de Lauranay permanecieron en el hotel con mi hermana. Yo fui a ver si los caballos carecían de alguna cosa.

El hostelero me había acompañado a la cuadra, y pronto pude comprender que el buen hombre quería hacerme hablar más de lo conveniente, acerca de Monsieur de Lauranay, de nuestro viaje, y, en fin, de cosas que no le importaban. Tenía que habérmelas con un charlatán; pero ¡qué charlatán!…

El que logre aventajarle, bien puede llamarse el primero del mundo. Por consiguiente, me mantuve en la mayor reserva, y todas sus indicaciones fueron en balde.

A las tres de la tarde salimos mi hermana y yo para terminar las compras. Como Irma hablaba alemán, no teníamos miedo de vernos apurados ni en las calles ni en las tiendas. Sin embargo, se comprendía fácilmente que éramos franceses, y esta condición no era la más a propósito para granjearnos un buen recibimiento en ninguna parte.

Entre las tres y las cinco de la tarde hicimos un buen número de recados, y, en suma, recorrí la ciudad de Gotha por todos sus principales sitios y distritos.

Yo hubiera querido tener algunas noticias de lo que por entonces ocurría en Francia; de sus asuntos, tanto interiores como exteriores. Por esta razón encargué a Irma que pusiera mucha atención a lo que se decía, así en las calles como en las tiendas. Hasta nos atrevíamos a aproximarnos a los grupos en que se hablaba con alguna animación, a escuchar lo que decían; aunque como se comprende, esto no era muy prudente por nuestra parte.

En realidad, lo que pudimos averiguar no era muy satisfactorio para los franceses. Pero, después de todo, más valía tener noticias, aunque fuesen malas, que carecer de ellas.

También vi numerosos edictos pegados en los muros. La mayor parte de ellos no anunciaban otra cosa que movimientos de tropas o de contratas de armamento y vestuario para las tropas.

Sin embargo, mi hermana se detenía ante algunos, y leía las primeras líneas.

Uno de aquellos edictos llamó más particularmente mi atención. Estaba escrito en gruesos caracteres negros, sobra papel amarillo. Parece que le veo todavía pegado a una esquina, junto al tenducho de un zapatero de viejo.

—¡Calla! —dije a Irma—. Mira este edicto, ¿no son números los que tiene a la cabeza?

Mi hermana se aproximó al tenducho, y comenzó a leer.

De repente lanzó un grito terrible.

Felizmente estábamos solos, y nadie lo había escuchado.

El edicto decía lo siguiente:

Mil florines de recompensa al que entregue al soldado Jean Keller, de Belzingen, condenado a muerte por haber herido a un oficial del regimiento de Lieb, de paso para Magdeburgo.